KB266569

교과서 수록 작품 톺아보기

성격 있는 국어 수업

교과서 수록 작품 톺아보기

성격 있는 국어 수업 소설

초판 1쇄 발행 2026년 4월 6일
지은이 이현실, 남상욱
그린이 애슝

펴낸이 홍보람
편집부장 이정은 | **편집** 이경희 | **외주 디자인** 문성일
마케팅 신태섭, 조영행, 이예현 | **관리** 이은경, 박두레, 정원경, 김정선

펴낸곳 도서출판 풀빛 | **등록** 1979년 3월 6일 제2021-000055호
주소 07547 서울특별시 강서구 양천로 583 우림블루나인 A동 21층 2110호
전화 02-363-5995(영업), 02-364-0844(편집) | **팩스** 070-4275-0445
홈페이지 www.pulbit.co.kr | **전자우편** inmun@pulbit.co.kr

ⓒ 이현실, 남상욱, 2026

ISBN 979-11-94636-91-5 43800

이 책은 저작권법에 따라 보호받는 저작물이므로 무단 전재와 복제를 금지하며,
이 책의 전체 혹은 일부 내용을 인공지능 기술 교육을 목적으로 입력, 제공하거나 기타 방식으로 사용하는 것을 금합니다.
이 책 내용의 전부 또는 일부를 이용하려면 반드시 저작권자와 도서출판 풀빛의 서면 동의를 받아야 합니다.

*책값은 뒤표지에 표시되어 있습니다.
*파본이나 잘못된 책은 구입하신 곳에서 바꿔드립니다.

교과서 수록 작품 톺아보기

성격 있는 국어 수업

소설

이현실·남상욱 글 | 애슝 그림

풀빛

성격 있는 국어 공부 소 설 을 펴내며

　우리는 지금 고조선, 광활한 벌판 위에 서 있습니다. 내일은 '대수렵'의 날. 맹수들이 우글거리는 숲으로 들어가야 합니다. 횃불 아래 모여는 있지만 춥고 배고프고, 죽음의 공포로 잠이 오지 않죠. 그때 부족의 신성한 무당이자 왕검인 단군왕검이 청동 방울을 흔듭니다.

　"하늘의 아들 환웅이 비와 바람과 구름을 거느리고 내려오던 때를 기억하라. 동굴 속 쑥과 마늘로 견디며 자신을 이긴 곰의 인내와 끈기를 떠올려라. 우리는 그들의 후예! 이 땅에 널리 인간을 이롭게 하라는 하늘의 뜻을 이어받은 후손. 그러니 겁내지 마라. 너희의 몸에는 환웅과 웅녀의 피가 흐르고 있으니 승리할 수밖에 없으리라!"

　단군왕검의 방울 소리가 잦아들자 전사의 눈동자에는 더 이상 공포가 아닌 형형한 불꽃이 일렁입니다.

　방금 들은 이야기는 단순한 옛날이야기가 아니라 내일 사냥터로 나설 전사들을 움직일 힘이자 신화가 되었죠. 이게 바로 서사의 힘이자, 지금껏 이야기가 이어져 온 이유입니다.

　하지만 막상 소설을 지도하다 보면 인물에 공감하지 못하거나 사건을 이해하지 못하는 경우가 종종 있습니다. 소설의 3요소인 '주제', '구성', '문체’를 제대로 이해하지 못하고 수동적으로 외우다가, ‘발단, 전개, 위기, 절정, 결말’의 흐름 속 등장인물의 감정 변화, 인물의 성장, 관계의 변화, 그 관계가 변할 때의 상징, 복선 따위가 주르륵 이어져 나오는 순간, 한숨을 푹 내쉬며 ‘대충 찍기’ 신공을 발휘합니다. 서술, 논술형 문제는 손도 대지 못할 때가 많죠. 이럴 때 《성격 있는 국어 수업》을 읽어 보세요.

2022 개정 교육과정에 따라 새롭게 집필된 교과서 10종에서 수록 빈도가 높거나 수능 및 모의고사에서 비중 있게 다뤄지는 필수 작가들의 작품을 배치하여 학습의 효율성을 극대화했습니다. 특히 소설을 어려워하는 아이들을 위해 ‘작품 속 화자’를 깊이 이해할 수 있도록 구성했습니다. 친구의 MBTI를 분석하듯 소설 속 인물을 탐구하며 소설의 맥을 잡는 거죠. 그러면 복잡하고 난해했던 줄거리와 상징, 그리고 행간의 감정 변화가 재미있는 드라마처럼 펼쳐질 거예요. 2022 개정 교육 과정이 지향하는 ‘비판적·창의적 사고’는 바로 이런 능동적 몰입에서 시작합니다. 《성격 있는 국어 수업·소설》을 읽고 나면 어떤 작품을 만나더라도 당황하지 않고 인물의 심리를 꿰뚫고 능동적으로 소설을 읽게 될 것입니다.

2026년 4월
이현실, 남상욱

차례

1장

내 한계를 극복하고 성장하는 주인공

나를
소중히 해요

짜릿한
독립의 기쁨

진형민

우리는 누구나 부모님의 울타리를 벗어나 '나 혼자'의 힘으로 서는 독립을 꿈꿉니다. 중학생이 된다는 건 어린이를 벗어나 청소년이 된다는 의미이고, 이는 하나의 인격체로서 존중받고 모든 걸 독립적으로 하고 싶다는 의미이기도 해요. 그래서 누군가 도와주려고 하면 간섭하지 말라고 하죠.

중학생이 된 한경이에게 '엄마 없는 일주일'은 간섭 없는 자유이자, 가격표를 보지 않고 십만 원을 쓸 수 있는 짜릿한 휴가예요. 하지만 독립이란 마음껏 소비할 권리가 아니라, 내 삶에서 발생한 문제를 스스로 해결할 수 있는 힘이란 걸 깨닫게 돼요.

물론 처음 화장실 전등이 나가고 세면대가 막혔을 때만 해도 한경이는 여전히 의존적인 아이였어요. '엄마가 오면 해결되겠지'라며 불편함을 견디고, 누군가 대신 고쳐 주길 바라며 철물점과 관리 사무소를 찾아가요.

하지만 낯선 어른들의 시선과 임신한 외숙모의 고단한 뒷모습을 마주하며, 한경이는 깨달아요. 누군가에게 기대지 말고, 자신을 믿고 의지하는 여덟 살 동생 한아를 위해 스스로 '보호자'가 되어야 한다는 사실을 말이죠.

동생의 근심 어린 눈동자를 보며 한경이는 자신만의 방법으로 해결책을 찾아요. 따라서 이 소설에서 '멍키스패너'는 단순한 공구가 아니에요. 볼트나 너트의 크기에 맞춰 조절하는 이 도구처럼, 한경이 역시 닥쳐온 문제의 크기에 맞춰 자신의 마음을 단단히 조여요. 유튜브 영상을 찾아보고, 자전거 가게에서 도구를 빌려 시커먼 머리카락 뭉치를 직접 건져 올리는 과정은 더럽고 힘들어요. 하지만 그 끝에 찾아오는 "별것도 아니네"라는 혼잣말은 한 단계 성장한 사람만이 누릴 수 있는 자신감의 표현입니다.

멍키스패너 하나로 어른되기

〈멍키스패너〉의 서술자 '나'는 주인공이자, 중학생이에요. 어느 날, 엄마가 일주일 동안 집을 비우게 되면서 여덟 살 동생 한아

와 단둘이 지내야 해요. 처음엔 신났죠. 엄마 눈치 안 보고 실컷 놀고, 엄마가 두고 간 현금 십만 원으로 평소에 갖고 싶던 물건을 사거나 먹고 싶던 과자를 마음껏 먹을 수 있겠다고 좋아해요.

하지만 엄마도 안 계신 집에 문제가 발생하죠. 화장실 전구가 나가고, 세면대까지 막혀 버려요. 아무래도 자신들의 긴 머리 때문 같아요. 샤워하기 귀찮아서 세면대에서 머리를 감았거든요. 화장실이야 문을 열고 볼일을 보면 되지만 세면대를 못 쓰는 건 너무 불편해요. 그래서 한아와 함께 예전에 어린이집을 다녔던 친구의 할머니가 하는 만년철물점으로 가요. 한경이 말을 들은 할머니는 건너편 한성설비를 알려 줘요. 그런데 출장비만 오만 원이라니. 전 재산 십만 원의 절반으로 세면대를 뚫을 수는 없어요. 할머니는 그러면 아파트 관리 사무소에 가 보라고 하죠.

갈 일 없던 관리 사무소를 찾아 헤매다 간신히 도착해요. 관리 사무소 아저씨는 무슨 일로 왔는지, 왜 어른이 안 오고 학생이 왔는지 꼬치꼬치 물어봐요. 그러자 누가 집에 찾아와도 문 열어 주지 말고, 어디 가서 엄마가 집에 없다는 말도 하지 말라던 엄마의 당부가 떠올라요. 결국 집에 어른이 없다는 걸 알릴 수 없어 돌아 나오죠. 심지어 누가 따라올까 두려워 빙빙 돌아서 집으로 가요.

저녁에는 버스로 두 정거장 떨어져 있는 외숙모네 집에 동생과 함께 걸어가서 밥을 먹어요. 임신한 외숙모의 배는 이전보다 더 불러 있고, 손발도 퉁퉁 부었어요. 앉았다 일어날 때마다 숨을 몰아쉬죠. 밥 차려 먹기 귀찮아서 왔는데 이걸 보니 오히려 외숙모를 힘들게 한 것 같아 미안해져요. 외숙모가 '집에 별일 없냐'고 묻는 말에 한경이는 아무 문제 없다고 해요.

집으로 오는 길, 한경이는 외숙모 집에 갈 때 차비를 아꼈으니 편의점에서 과자 한 봉지씩 사 먹자고 하죠. 엄마가 주고 간 돈을 쓰는 게 아까웠거든요. 그리고 토요일, 자전거 가게에서 멍키스패너를 빌려요. 동영상에서 본대로 자기 혼자 힘으로 세면대를 고쳐요. 세면대 배수관에서는 검고 축축한 머리카락 덩어리가 쏟아지죠. 동생 한아에게 나가 있으라고 해도 한아는 코를 콱 쥔 채 고개를 저어요. 핸드폰 플래시를 켜서 한아 손에 쥐여 주고 철사 옷걸이를 꼬챙이처럼 만들어 배수관 안으로 밀어 넣죠. 그리고 실핀으로 물 빠지는 구멍 속 머리카락도 빼내요. 마침내 세면대를 다 뚫고 나니 갑갑했던 속이 뻥 뚫리는 거 같아요.

"별것도 아니네." 주인공 한경이는 뿌듯해요. 이제 자신감이 생긴 한경이는 전구도 갈아 끼워요.

MBTI로 본
등장인물의 성격

등장 인물	MBTI 유형	성격	작품 속 대표적 모습
김한경 (언니)	ISFJ	동생을 챙기는 책임감 강한 중학생이지만 손해와 이익을 고심하며 문제를 해결함.	어릴 적부터 동생 한아의 분유를 직접 먹이고, 학교 갈 때는 정성껏 머리를 묶어 주는 등 일상적인 돌봄을 책임짐. 고민이 생겨도 남에게 기대기보다 혼자 고심하며, 손익을 따져 가장 경제적이고 실용적인 최선의 수를 찾아 움직임.
김한아 (동생)	ESFP	감정에 솔직하며 밝음. 언니에게 의존적이며 적극 신뢰하는 사랑스러운 동생.	배고프면 "언니 밥 줘"라고 당당히 요구하고, 화장실이 무서우면 언니가 일어날 때까지 기다리는 등 감정 표현에 거침이 없음. 언니를 무조건 신뢰하며, 언니가 무언가를 할 때 옆에서 돕고 싶어 하는 의리 있는 모습을 보임.

〈멍키스패너〉 속 인물들은 특별한 능력이 있지는 않아요. 평범한 여중생으로 엄마 없는 일주일이 설레고 기대되죠. 학교에 다녀와 교복도 안 갈아입고 널브러져 있어도 잔소리할 사람이 없고, 엄마가 주고 간 십만 원으로 그동안 못 산 걸 사며 돈을 평

펑 쓰고 싶다며 해방감을 만끽해요. 하지만 맏이다움도 있어요. 나이 차이가 많이 나는 동생을 챙기는 책임감 강한 소녀죠. 어릴 적부터 동생 분유를 먹이고, 잠도 재워 주고, 심지어 학교 들어가서는 긴 머리를 묶어 주고, 땋아 주죠. 이런 한경이는 MBTI 중 ISFJ 유형으로 보여요. 연약한 존재를 잘 챙기고, 만삭인 외숙모도 배려하니까요.

한편 동생 한아는 MBTI의 ESFP 유형, 즉 '자유로운 영혼'으로 볼 수 있어요. 감정에 솔직하고 밝으며, 언니 말에 순응하는 편이에요. 배고프면 "언니, 밥 줘"라고 말하고, 화장실이 어두우면 무섭다고 하며 기어이 언니가 일어날 때까지 기다리죠. 하지만 언니가 세면대를 고칠 때는 불을 비춰 주며 언니를 도와주려 하죠. 언니를 적극적으로 믿는 사랑스러운 동생이에요.

두 사람은 엄마가 없는 동안 어른들에게 의존하지 않고 스스로 문제를 해결하려는 독립심과 자립심을 길러요. 여러분은 어른들 도움 없이 무얼 잘 하나요? 하나씩 스스로 해내면서 우리는 어른으로 성장합니다. 닥친 문제를 스스로 해결하는 걸 겁내지 말고 주인공 한경이처럼 도전해 보세요.

스스로 고장난 것을 고치려는 용기
한경이의 멍키스패너 성장기

구성 단계	핵심 사건	나(김한경)의 성격 변화	감정·태도 변화
발단	'나'의 엄마가 부재중인 상황에서 화장실 전등이 나가고, 세면대가 막힘	자신에게 주어진 자유에 행복을 느낌	해방감, 들뜸, 기대감
전개	세면대를 뚫으려고 만년 철물점 주인 할머니에게 조언을 구함 → 관리 사무소에 감 → 임신한 외숙모 집에 가서 저녁 먹고 옴	책임감 있게 문제를 해결하려고 하지만 어려움, 그러나 결국 현실 인식	걱정, 당황 → 미안함 → 해결 의지가 생김
위기	세면대를 스스로 고치기로 마음먹고 해결법 동영상을 찾아봄. 자전거 가게에서 멍키스패너 빌림	동생이 불편해하는 것을 보며 결국 스스로 해결하려 함	책임감 → 오기 → 주도면밀
절정	동영상에서 본 대로 멍키스패너를 이용해서 세면대 뚫음	도전하며 문제 해결	도전 → 집중 → 성취감
결말	화장실 전구까지 교체하면서 스스로 대견해함	스스로 결정, 행동하는 독립적 존재로 성장	자신감 → 여유 → 자기 긍정

> "
> <멍키스패너>는 인물의
> **심리 변화를** 바탕으로 사건의
> **구성 방식**과 소재의 **상징적 의미**를
> **파악**하는 게 중요해요.
> "

* * *

주인공의 심리 변화 + 역순행적 구성

<멍키스패너>는 엄마 없이 일주일을 보내게 된 중학생 김한경(나)이 동생 한아를 돌보며 겪게 되는 문제를 누구의 도움도 없이 스스로 해결하는 과정이 담겨 있어요. 따라서 '성장 과정과 감정 변화'를 얼마나 잘 이해했는지 알아보는 문제가 출제돼요.

이야기 속 갈등은 세면대가 막히고 화장실 전등까지 나간 일로 시작돼요. 처음엔 어떻게 해야 할지 몰라 한경이는 당황해요. 철물점, 설비 기사, 관리 사무소, 외숙모네를 다니며 어른의 도움을 받으려 하죠. 하지만 비용 때문에, 안전 때문에, 몸이 무거운 외숙모에게 폐 끼치기 싫어서 스스로 해결하기로 해요. 그렇게 멍키스패너를 직접 자전거 가게에서

빌려와 세면대를 고쳐요. 이렇게 문제를 해결하려고 다니는 과정에서 주인공의 심리 변화와 특징을 묻는 문제가 출제돼요.

다음과 같이 표로 정리하면 문제가 나왔을 때 당황하지 않고 풀 수 있어요. 시간의 흐름에 따라 주인공이 어떻게 성장했는지 파악할 수 있으니까요. 또한 마지막 토요일에는 역순행적 구성으로 '멍키스패너'에 대한 궁금증을 불러일으킵니다. 꼭 기억하세요.

화요일	한아와 단둘이 지내게 됨	· 엄마가 일하러 외삼촌과 광주에 감 · 화장실 전구가 나감	당황
목요일	새로운 문제 발생	· 세면대가 막힘 · 일단 저녁밥 먹으면서 해결 방법 생각함	당혹, 걱정
금요일	해결 방법 찾기	· 만년철물점 주인 할머니께 해결법 묻기 · 관리 사무소에 갔지만 엄마의 당부로 돌아옴 · 한아의 걱정에 혼자 해결하기로 함 · 막힌 세면대 뚫기 동영상 스무 편 정도 찾아봄	의욕 넘침, 불안함, 도전
토요일	문제 해결+ 역순행적구성	· 자전거 가게에서 멍키스패너 빌림 · 세면대 뚫음 · 화장실 전구 교체	뿌듯함, 자신감

멍키스패너

'멍키스패너'의 상징적 의미를 묻는 문제가 객관식이나 주관식으로 종종 출제돼요. 멍키스패너는 한경이가 세면대를 뚫는 데 사용한 도구이며, 문제를 해결하는 데 도움이 된 도구이자 성장을 경험하게 한 도구이고, 앞으로 무엇이든 해낼 수 있다는 자신감을 갖게 만든 도구예요.

❉ ✳ ❉

1인칭 주인공 시점

이 소설의 서술자는 '나'예요. 그리고 주인공(나)이 겪은 사건이 중심이 되므로 '1인칭 주인공 시점'이죠. 이 시점 덕분에 독자는 한경이의 속마음을 더 가깝게 느낄 수 있어요. 이를 통해 '문제 상황을 스스로 해결한 경험과 성장'이라는 주제도 잘 느낄 수 있고요. 단, 1인칭 시점의 경우 주변 등장인물의 심리는 알 수 없다는 걸 기억해 두세요.

❉ ✳ ❉

성장과 변화

한경이는 앞부분에서는 돈을 펑펑 쓰겠다고 마음먹지만, 세면대와 전구를 고친 뒤에는 마음이 달라져요. 만 오천 원짜리 멍키스패너를 사고 싶어 엄마한테 허락을 받죠. 동생 한아 역시 이전에는 플라스틱컵에 주스를 따라 마셨지만 언니가 세면대 고치는 걸 돕고 나서는 유리컵에 주스를 따라 마셔요.

함께 읽으면 좋은 작품
· 미카엘 올리비에, 《뚱보, 내 인생》, 조현실 옮김, 바람의 아이들, 2024
· 어윤정, 《드론 전쟁》 중 〈롤러코스터〉, 금성출판사, 2021

1 "어른이 된다는 건 어떤 의미인지, 소설 속에서 주인공 '나'가 어른처럼 느껴졌을 때"를 이야기해 봅니다. 어떤 장면에서, 어떤 선택 때문에 그렇게 느꼈는지 각자의 생각을 나눠 보는 거예요. 토론이 끝난 뒤에는 여러분이 처음으로 어른처럼 느꼈던 순간에 대해 짧은 글을 써 보는 것도 좋아요.

2 소설 속 인물 한 명을 골라, "○○의 입장에서 하루를 써 보기" 활동을 해 보세요. 주인공이 아닌 다른 사람의 입장에서 상황을 읽으면 소설을 깊게 이해할 수 있고, 또한 타인을 공감하는 능력이 깊어져요.

3 나의 성장을 돕는 소재를 찾아서 글을 써 보세요. 한경이가 멍키스패너를 손에 쥐던 순간처럼, 여러분도 스스로에게 한 걸음 다가가는 시간이 될 수 있을 거예요.

도망치고 싶지만,
친구는 소중해

먹고 싶다, 수박

장주식

진짜 우정이란 무엇일까요? 함께 웃고 떠들며 마음을 나누는 걸 우정이라 할 수 있을까요? 예상치 못한 사건 앞에서 친구를 지키려다 난처하게 된 주인공이 있어요. 〈먹고 싶다, 수박〉은 중학교 체육 시간, 주인공 '나'와 친구들이 우연히 수박 하나를 발견하면서 벌어지는 작은 소동에서 이야기가 시작돼요.

제목만 보면 단순히 수박이 먹고 싶다는 말처럼 들릴 수 있지만, 이 소설은 그 욕망에 얽힌 관계에 대한 고민을 다루었어요. 친구 사이에서 우리는 종종 관계를 망치지 않으려고, 혹은 '좋은 친구'로 남고 싶어서 옳지 않은 일에 동조하곤 해요. 이 소설은 그 '양심'과 '우정' 사이의 아슬한 경계를 날카롭게 파고들어요.

주인공 다정이는 친구 지원이의 돌발 행동을 수습해 주려다 어느새 도둑질의 공범이 되어 버립니다. 여기서 주목해야 할 점은 다정이의 선택이 '친구를 지키고 싶다'는 선한 마음에서 시작되었다는 사실이에요. 친구가 곤란해지는 게 걱정된 우유부단함은 오히려 다정이를 상처 입히죠.

또한, 이 작품은 책임이 분산된 후의 냉정한 현실을 꼬집어요. 수박을 함께 발견하고 그 짜릿함을 공유했던 친구들은, 상황이 불리해지자 저마다 핑계를 대며 하나둘 자리를 떠나요. 결국 거절을 못 하고 책임감이 강했던 다정이에게 모든 짐이 떠넘겨집니다. 무리 속에서 '착하고 공부 잘하는 아이'로 통하던 다정이의 성격이 아이러니하게도 친구들에게는 가장 쉽게 책임을 떠넘기는 구실이 되죠.

소설은 우리에게 물어요. 친구가 잘못했을 때 잘못된 길을 가는 친구를 묵인하고 도와주어야 할까, 아니면 나의 윤리적 기준에 따라 행동해야 할까. 하지만 소설의 결말을 보면, 내 마음을 방관하지 않는 용기야말로 무엇보다도 중요하다는 걸 알게 돼요.

작은 수박 하나에 흔들리는 우정

사건은 체육 시간에 벌어졌어요. 줄넘기 시험 준비로 반 아이

들은 운동장에서 여기저기 흩어져 연습하고 있었죠. '나'를 포함한 육인방 은비, 영주, 세영, 인정, 지원은 줄넘기 연습은 안 하고 조회대 옆에서 낄낄대며 장난치고 있었어요. 그러다 세영이가 조회대 아래에서 수박을 발견해요. "먹고 싶다"는 다정이의 말이 떨어지기 무섭게 행동대장 지원이는 뛰어내려가 수박을 따 버려요. 이를 본 나머지 다섯 명은 당황해서 비명을 지르죠. 그 반응에 너희도 수박이 먹고 싶지 않았냐며 지원이는 공감을 구해요. 은비와 영주는 곧장 선을 긋고 자리를 피해요. 다정이는 곤란해진 지원이를 돕기 위해 세영이의 체육복으로 수박을 감춰요. 그렇게 지원, 세영, 인정과 다정은 교실로 수박을 가져가요.

친구를 지킨다는 사명감도 들지만 선한 일이 아니어서 다정이는 마음이 불편하죠. 그런데 아이들은 화장실에 가서 몰래 수박을 먹자고 세안해요. 그건 잘못에 또 하나의 잘못을 얹는 거잖아요. 그래서 다정이는 차라리 담임 선생님이 오시면 이 사실을 솔직하게 말하고 반 친구들과 함께 나눠 먹자고 말해요. 하지만 벌점이 두려웠던 친구들은 반대하죠. 너는 공부를 잘해서 크게 혼나 본 적이 없어서 그렇게 말하는 거라고 하죠. 게다가 담임 선생님은 학교에서 손에 꼽히는 3악당 중 하나였어요. 다정이는 답

답해요.

　종례가 끝나자 세영이와 인정이는 저마다 핑계를 대며 먼저 가 버리고, 심지어 사고를 친 지원이마저 "공부 잘하는 네가 해결해 달라"며 다정이에게 수박을 떠넘겨요. 그런데 민아를 만나면서 상황은 악화돼요. 그 수박이 바로 교장 선생님이 정성스럽게 키우던 거라는 걸 민아가 알려 주죠. 이에 겁먹은 지원이는 제자리에 갖다 놓자고 하지만 다정이는 양심을 속이는 일이라며 반대하죠. 벌을 피하려고 더 큰 잘못을 저지르는 거니까요. 그러자 지원이는 화를 내고 가고, 민아도 도망치듯 사라져요.

　혼자 남겨진 다정이는 우유부단한 자신을 자책하며 괴로워해요. 그때 먼저 갔던 은비가 돌아와 다정이의 손을 잡습니다. 그렇게 혼자 끙끙대지 말고 원래 수박이 있던 자리에 갖다 두라고 해요. 은비는 옷을 펼쳐 수박을 가려 주며 원래 자리에 갖다 놓도록 도와주죠. 비록 잘못을 완벽하게 해결한 건 아니지만 안도해요. 혼자서는 감당하기 벅찬 잘못을 함께 짊어져 줄 진짜 친구를 만났으니까요.

등장 인물	MBTI 유형	성격	작품 속 대표적 모습
다정	ISFJ (책임감 강한)	공감 능력이 뛰어남. 자신보다 타인의 감정을 더 빨리 파악하고 친구를 위해 해결 방법을 고민함.	지원이가 상처받지 않게 편들고, 해결책을 마련하고, 심지어 마지막까지 문제를 해결하려 함.
지원	ESFP	즉흥적이고 이기적인 성격. 상황이 복잡해지면 회피하거나 남 탓을 함.	친구의 말 한마디에 충동적으로 수박을 따고, 일이 커지자 다정이에게 책임을 떠넘기고 도망침.
은비	INTJ	맺고 끊음이 정확함. 사리 분별을 잘함. 감정에 휘둘리지 않고 상황을 냉정하게 판단하는 전략가형.	잘못된 일에는 처음부터 단호하게 호응하지 않고 빠져나가지만, 친구가 걱정돼 돌아와 효율적인 해결책을 제안함.
세영	ISFJ (안정 중심)	우유부단하고 소심함. 회피 성향이 큼. 불편한 상황을 견디지 못함.	갈등이 생기자 모른 척 줄넘기를 하고 할머니 생신 핑계로 빠져나감.
인정	ISFP	분위기에 잘 휩쓸리며 공감을 잘함. 책임을 피하려 함.	지원이의 말에 '먹고 싶지'라고 공감하지만 종례 시간이 되자마자 서둘러 자리를 떠남.
영주	ISTJ	현실주의자. 상황이 원칙에서 벗어났음을 빠르게 인식하고, 선을 그음.	은비가 빠져나간 뒤로 관여하지 않음.

〈먹고 싶다, 수박〉 속에는 저마다 다른 성격의 아이들이 등장해요. 특히 사춘기 때는 친구들 눈치를 많이 보게 되죠. 하지만 친구들과 관계에서도 자신이 중심이 돼야 한다는 걸 잊지 마세요.

불온한 수박 한 통으로 쪼개지는 마음
다정이가 성장하는 이야기

구성 단계	핵심 사건	나(다정)의 성격 변화	감정·태도 변화
발단	체육 시간 중 발견한 수박을 지원이가 충동적으로 땀	친구들과 친밀하고 공감 능력이 뛰어남	흥분, 즐거움, 당황스러움
전개	수박을 몰래 먹자는 친구들의 성화에 반대하는 다정	상황을 신중히 바라보며 혼란스러워짐	짜릿함, 불안, 불편
위기	함께 수박을 먹기로 한 친구들이 집에 가 버려 다정이가 수박 처리를 떠안게 됨	우정과 도덕 사이에서 깊은 고민	우유부단, 갈등, 걱정, 부담감
절정	교장 선생님의 수박이란 걸 알자 지원이는 도망가 버림	책임감을 느끼며 혼자서 큰 부담감을 가짐	혼란, 배신감, 불안감, 무거운 책임감
결말	은비와 함께 수박을 원래 자리에 갖다 놓음	결단력과 용기를 조금씩 배움	안도, 후련함, 용기와 결심

다정이가 친구들과 함께 수박을 발견한 뒤 겪는 갈등은, 평소 끈끈했던 관계가 작은 실수 하나로도 얼마나 쉽게 흔들릴 수 있는지를 보여 줘요. 여러분도 친구들의 부탁을 거절하지 못했다가 난처했던 경험이 있을 거예요. 또 그런 부탁을 무 자르듯 잘 자르는 친구들도 있을 거고요.

이렇듯 이 소설은 우리 모두가 경험할 수 있는 사건을 소재로 하고 있어 마음에 더 와닿아요. 특히 '수박'이라는 소재는 단순히 먹고 싶은 과일이 아니라, 욕망과 양심 사이에서 흔들리는 사춘기의 마음을 상징하는 장치로 쓰였어요.

> **수박 한 통** 때문에 갈등하는
> 다정이의 **마음을 섬세하게 묘사한**
> **작품**이에요. 주인공이 겪는 복잡한
> **갈등의 종류와 각 인물의 성격**이
> 어떻게 다른지 **비교해** 보세요.

등장인물의 성격

주인공은 우유부단하지만 책임감이 강하고 양심적인 인물이에요. 친구들을 실망시키지 않으면서도 바른 행동을 하려고 끊임없이 고민하죠. 반면 지원이는 충동적이고 책임을 떠넘기는 경향이 있어요. 문제를 만들고서도 책임지지 않죠. 은비는 이성적이고 단호하며 결단력이 있어서, 처음부터 자기 일이 아니라고 분명하게 거리를 두죠. 하지만 친한 친구 다정이가 걱정돼 다시 찾아와 함께 고민을 해결합니다. 이렇게

직접 제시, 또는 간접 제시로 나누어서 등장인물의 성격을 묻는 문제가
출제돼요.

내적 갈등과 외적 갈등

〈먹고 싶다, 수박〉은 중학생 다정이가 친구들과 수박을 발견하면서 겪
는 갈등과 성장을 담은 소설이에요. 그렇기 때문에 갈등의 종류와 전개
과정이 자주 출제돼요. 소설에서 내적 갈등과 외적 갈등 모두가 잘 서술
되어 있기 때문이죠. 수박을 따고 난 뒤 서술자이자 주인공인 다정이(나)
가 느끼는 갈등과 변화 양상이 출제돼요. 처음에는 친구와 우정을 지켜
야 한다는 마음이 점차 원치 않는 방향으로 바뀌게 되죠. '나'는 정의와
우정 사이에서 내적 갈등을 해요. 또 수박을 어떻게 처리할지 친구들과
의견 차를 보이거나 수박 사건을 공개할지 말지로 서로 논쟁하는 외적
갈등을 동시에 겪어요. 이런 인물 속 내적 갈등과 인물과 인물 간의 갈
등인 외적 갈등이 시험에 출제돼요.

수박이 의미하는 것

소설 속 '수박'이 의미하는 바를 묻기도 해요. 수박은 단지 과일이 아니
라 청소년들이 마주하는 도덕적 고민과 유혹을 상징해요. 또한 진정한

우정이란 무엇인지, 어려운 상황에서도 바른 선택을 해야 하는 이유는 무엇인지 소재와 주제를 연관한 문제가 출제됩니다.

······································· ❁ ✱ ❁ ·······································

서술 방식

마지막으로, 소설의 구성과 서술 방식도 시험에 빠지지 않는 단골 질문이에요. 이 작품은 구성 단계에 따른 각각의 사건과 주인공의 감정 변화를 분석하는 문제가 나오니 잘 기억해 두세요. 이런 갈등과 감정 변화는 1인칭 주인공 시점으로 생생하게 전달하니, 서술 방법도 함께 기억하면 좋겠죠.

함께 읽으면 좋은 작품

· 레프 니콜라예비치 톨스토이, 《사람은 무엇으로 사는가》, 연진희 옮김, 민음사, 2025
· 제임스 프렐러, 《방관자》, 김상우 옮김, 미래인, 2012

1. ＜먹고 싶다, 수박＞은 친구들과의 관계 속에서 겪게 되는 갈등, 그리고 도덕적인 선택을 고민하는 이야기입니다. 이 작품으로 우정이란 무엇인지, 옳지 않은 상황에서 어떤 선택을 해야 하는지 돌아볼 수 있어요. 이런 딜레마 상황에서 어떤 선택을 하는 게 옳을지 의견을 나눠요.

2. 등장인물 중 한 명을 골라 그 인물의 입장에서 짧은 일기를 써 보세요. 그날 느꼈을 감정, 말하지 못했던 생각들을 서로 다른 시점으로 글로 써 봅니다. 공감 능력을 기르며 인물에 대한 이해를 높여요.

3. 수박 사건을 바탕으로 우리 반만의 '갈등 해결 지침서'를 만들어 보세요. 실생활에서 벌어질 만한 상황을 떠올리며 어떤 태도가 필요한지 친구들과 함께 정리해 보면, 더 따뜻한 공동체를 만드는 연습이 될 거예요.

달콤 쌉싸름한
첫사랑의 맛

오후 4시, 달고나

이송현

소설 속 주인공 서율이는 짠맛을 즐기지만 승규가 단것을 좋아한다는 이유만으로, 뜨거운 불 앞에서 정성껏 달고나를 만듭니다. 우리는 이처럼 누군가에게 사랑받고 싶다는 간절함에 나의 고유한 색깔을 지우고, 상대방이 원할 법한 모습으로 자신을 바꾸곤 해요. 승규의 취향에 자신을 억지로 끼워 맞추려던 시간은 허무하게 끝나요. 승규가 자신의 친구 규리를 좋아하고, 규리 역시 승규를 좋아한다는 걸 알았기 때문이에요.

그렇게 첫 짝사랑은 깨지고, 자괴감과 괴로움만 남죠. 이런 상처 속에서 서율이를 다시 일으켜 세운 것은 바로 '조건 없는 사랑'이에요. 서율이가 스스로를 세상에서 가장 미운 아이라고 몰아세울 때, 치매를 앓는 할아버지가 "너는 좋은 아이다"라며 치켜세우죠. 할아버지가 좋은 아이라고 칭찬하는 건 서율이가 예뻐서도, 공부를 잘해서도 아니에요. 기억을 잃었지만 할아버지는 본능적으로 손녀인 서율이를 그 자체로 사랑하는 거죠. 세상의 기준이나 타인의 변덕스러운 시선으로는 결코 증명할 수 없는 내 안의 소중함을, 있는 그대로의 나를 사랑해 주는 존재를 통해 서율이는 다시 시작할 용기를 얻어요.

결국 진정한 성장이란 누군가의 입맛에 딱 맞는 하트 모양 달고나가 되기 위해 애쓰는 게 아니에요. 짠맛을 즐기는 나의 입맛을 당당하게 인정하고 이를 존중하는 거죠. 서율이는 달고나를 만들면서 제 아무리 정성을 쏟아도 뜻하는 결과가 나오지 않을 수 있다는 것, 그리고 단맛 뒤에는 반드시 쓴맛이 숨어 있다는 삶의 진리를 배워요.

이제 서율이는 누군가를 위해 억지로 설탕을 녹이지 않습니다. 짝사랑의 단맛과 이별의 쓴맛, 그리고 자신의 본모습인 짠맛까지 모두 포용하게 되죠.

여러분도 혹시 누군가에게 잘 보이기 위해 내가 좋아하지 않는 '단맛'을 억지로 만들어 내고 있지는 않은지, 스스로 자신의 마음을 들여다보는 시간을 가져보면 어떨까요?

첫사랑은 실패했지만,
성장 미션은 성공했습니다

　중학생 서율이는 같은 반 친구 승규를 짝사랑하고 있어요. 승규가 단것을 좋아한다는 말에 서율이는 매일 방과 후 오후 4시면 정성껏 달고나 하트를 만들며 자신의 진심을 전할 기회를 엿보죠. 승규를 향한 마음은 달콤한 설탕처럼 부풀어 올라요.

　어느 날 승규의 제안으로 친구 규리와 함께 요양 병원으로 봉사 활동을 가게 된 서율이는 예상치 못한 씁쓸함을 맛보게 됩니다. 승규가 자신이 아닌 규리를 챙겨 주며 다정한 눈빛을 보내는 모습을 목격했기 때문입니다. 결정적으로 승규는 서율이에게 규리를 좋아한다며 고백을 도와 달라는 부탁까지 합니다. 첫사랑의 실패와 친구에 대한 질투심에 서율이는 세상에서 자신이 밉고 보잘것없는 아이라며 깊은 자괴감에 빠집니다.

　괴로워하던 서율이를 위로한 사람은 치매를 앓고 있는 할아버지였습니다. 할아버지는 기억이 희미해져 가면서도 서율이의 슬픔을 알아채고, "너는 세상에서 가장 좋은 아이"라며 따뜻한 위로를 건넵니다. 타인에게 인정받기 위해 애쓰던 서율이는 아무런

조건 없이 자신만 바라봐 주는 할아버지의 품 안에서 비로소 참았던 눈물을 터뜨립니다. 누군가의 기준에 맞추지 않아도 이미 충분히 소중한 존재라는 사실을 할아버지의 사랑을 통해 깨닫죠.

이제 서율이는 더 이상 승규를 위해 달고나를 만들지 않아요. 사실 자신은 단맛보다 짠맛을 더 좋아했다는 사실을 깨달으며, 타인에게 맞춰진 거짓된 모습이 아닌 진짜 자신의 모습으로 살아가기로 다짐합니다. 첫사랑은 씁쓸한 맛을 남기고 끝났지만, 서율이는 인생의 단맛과 쓴맛을 모두 받아들이며 한 뼘 더 성장합니다. 그리고 할아버지가 모든 기억을 잃기 전에, 할아버지가 준 사랑이 자신을 얼마나 단단하게 만들었는지 꼭 말해 줘야겠다고 생각하며 웃음 짓죠. 서율이는 그제야 쓰지 않은 맛있는 달고나를 완성합니다.

등장인물의 성격

등장 인물	MBTI 유형	성격	작품 속 대표적 모습
서율	ISFJ	조용하고 책임감이 강하며, 타인에게 '좋은 아이'로 보이는 시선을 중시함.	자신의 질투를 숨기고 감정을 억누르며, 승규에게 하트 '달고나'로 마음을 간접 전달함.
승규	ESFP	활발하고 사교적이며, 현재의 감정에 솔직함. 분위기를 주도하는 다정한 성격.	규리와 가까워지기 위해 봉사 활동을 제안하고 실천함. 사교성이 좋아 서율이의 오해를 사기도 함.
규리	ESTP	현실 감각이 뛰어나고 판단이 빠름. 관심 있는 대상에게 주도적이고 직접적으로 다가감.	서율이에게 "너 혹시 한승규 좋아해?"라고 직접 물어보며 상황을 파악하고 다음 행동을 결정하려 함.
이관웅 (할아버지)	INFP	내면이 따뜻하고 공감 능력이 뛰어남. 깊고 진실한 위로를 건넬 줄 아는 성품.	서율이가 자책할 때 "넌 좋은 애지"라고 말해 주며 감정적으로 교감하고 따뜻한 위로를 전함.

　여러분도 누군가에게 설렌 적 있나요? 설렌 사람에게 고백하는 방법은 성격에 따라 다르겠죠. 이 소설 속 주인공 서율이는 승규에게 좋아하는 마음을 직접 표현하지 않고 하트 모양 달고나를

만들어 건네려 하죠. 그걸 보면 주인공 서율이는 MBTI 유형 중 ISFJ 유형으로 보여요. 그래서 타인의 감정을 먼저 헤아리는 편이죠. 승규의 마음, 규리의 마음을 눈치채고, 슬프기도 하고, 질투하기도 하지만 속으로 삭이죠.

반면 승규나 규리는 어떤가요? 자신의 감정에 솔직하고, 친구를 통해서 좋아하는 상대를 탐색하죠? 자신의 감정에 충실하기에 서율이가 어떤 감정인지는 눈에 잘 들어오지 않아요. 승규는 ESFP 유형으로 보여요. 분위기를 주도하고, 순간의 감정에 솔직하게 반응하니까요. 또 서율이가 승규의 마음이 자신에게 향한다고 착각할 만큼 친화력이 높고, 사교적이죠. 규리는 ESTP 유형으로 보이고요. 현실 감각이 뛰어나고, 빠르게 판단하며 상황을 직접 파악하려는 성향을 지녔어요. 그래서 친구인 서율이한테 승규를 좋아하냐고 대놓고 묻죠. 이처럼 규리는 상황 판단이 빠르고, 현실 지향적인 성격이에요.

무엇보다 이 소설에서 가장 중요한 사람은 할아버지 이관웅이 아닐까요? 치매에 걸렸지만 서율이를 위로하며 다독이니까요. 할아버지는 MBTI 중 INFP 유형으로 보여요. 관계 안에서는 깊고 진실한 위로를 전할 줄 아니까요.

단맛을 넘어 쓴맛까지 품어야 사랑
서율이의 성장 이야기

구성 단계	핵심 사건	서율이의 성격 변화	감정·태도 변화
발단	'나'(서율)는 치매 앓는 할아버지, 부모님과 함께 살고 있음. 짝사랑 상대 승규가 단맛을 좋아해 승규에게 주려고 달고나 만드는 연습 중.	발랄, 배려심 많음	낭만적, 섬세함
전개	승규의 제안으로 규리와 봉사 활동을 가기로 함.	예의 바름, 낙천적	기대, 설렘
위기	봉사 활동 중 사이좋은 승규와 규리 모습에 질투가 나 씁쓸해함. 규리가 승규에게 관심 있자 속상함.	자신감 상실, 감정 회피	짜증, 속상함, 질투
절정	규리를 좋아한다는 승규의 고백에 좌절	우울, 부정적	슬픔, 좌절
결말	할아버지와 대화를 나누며 상처받은 마음 치유	수용과 성찰	위로, 치유, 성장

〈오후 4시, 달고나〉는 청소년기 첫사랑의 설렘과 상처, 그리고 가족과의 정서적 교감을 섬세하게 그려 냈어요. 작가는 '인생의 쓴맛까지 끌어안을 때 비로소 진짜 어른이 된다'는 주제를 이야기에 담아 전하고 있어요.

> **"**
> **<오후 4시, 달고나> 속**
> **'달고나'라는 소재에 담긴 의미와**
> **할아버지와의 관계를 통해**
> **서율이가 무엇을 깨닫는지**
> **파악해 보세요.**
> **"**

✳ ✳ ✳

인물의 감정 변화

〈오후 4시, 달고나〉는 사건의 흐름과 소재에 따라 서율이의 심리가 변화하는 과정을 자세하게 살피며 내용을 정리해야 해요. 따라서 작품 전체 맥락을 바탕으로 인물의 성장 과정을 이해하는 문제가 출제돼요. 그러려면 서사 구조를 머릿속에 선명하게 세워야 해요. 서율이가 승규의 친절을 사랑의 신호로 오해하며 설레는 '발단', 봉사 활동에서 규리와 승규가 다정하게 지내는 모습을 보고 질투가 치솟는 '전개', 승규의 첫

사랑은 규리라는 고백을 듣고 좌절하는 '절정', 치매를 앓는 할아버지에게 달고나를 만들어 드리고 위로를 받는 '결말'까지. 각각의 상황 속 인물의 감정을 정리해 보세요.

1인칭 주인공 시점

이 소설은 성장소설로 1인칭 주인공 시점이라는 걸 기억해야 해요. 그렇기 때문에 주인공 서율이의 감정은 또렷하게 보이지만, 승규와 규리의 속마음은 추측해야 하죠. 이를 통해 독자는 작품에 몰입하게 되고 그들 사이에서 서율이만 느끼는 팽팽한 긴장과 좌절, 서글픔에 공감하게 돼요. 이렇듯 시점을 공부할 때는 서술자와 독자의 거리를 이해해야 합니다. 다른 시점의 소설들과 대조해서 출제돼요.

달고나가 의미하는 것

'달고나'라는 소재의 의미를 파악해야 해요. 달고나의 달고 쓴 맛은 설렘과 씁쓸함, 행복과 좌절이 함께 존재하는 서율이의 첫사랑을 의미해요. 기쁨과 슬픔, 즐거움과 괴로움이 뒤섞여 있는 인생을 뜻하죠. 오후 4시는 점심과 저녁 끼니 사이에 간식을 먹는 시간이죠. 이 시간은 어른과 아이 사이에 있는 어중간한 사춘기를 빗대어요. 달고나를 만드는 과정이 서율이의 심리 변화와 어떻게 연결되는지 서율이가 만든 달고나의 맛도 기억하세요.

❀ ✳ ❀

인물 간의 관계

인물의 성장은 할아버지와의 관계에도 반영됩니다. 치매에 걸린 할아버지를 돌보는 것이 성가시고 귀찮지만, 첫 짝사랑에 실패한 후 진심으로 자신을 아끼고 사랑했던 할아버지의 사랑을 깨닫죠. 그리고 첫사랑에 실패한 자신의 아픔보다 할아버지가 기억을 잃어 가는 게 더 슬프고 아프다는 걸 깨달아요. 서율이는 할아버지에게 지난날 할아버지가 얼마만큼 자신을 사랑했는지 어떤 추억이 있는지를 알려 주겠다고 하죠. 이런 감정의 통찰이 주인공 서율이의 성장과 연결돼 출제됩니다.

함께 읽으면 좋은 작품
· 이희영, 《셰이커》, 래빗홀, 2024
· 팀 보울러, 《리버보이》, 정해영 옮김, 다산책방, 2024

1 "지금 내 인생은 무슨 맛일까요?" 달콤, 씁쓸, 짭짤, 매콤… 음식의 맛으로 지금 내 마음을 표현해 봅니다. 지금 느끼는 감정을 하나의 맛에 빗대어 말해 보고, 왜 그런 맛이라고 느꼈는지 떠오르는 일이나 장면을 글이나 그림으로 표현해 보세요. 서율이처럼, 나의 감정도 조심스레 꺼내어 들여다보는 시간이 될 거예요.

2 승규, 규리, 혹은 할아버지의 입장이 되어 서율이에게 짧은 편지를 써 보세요. 서로의 시선으로 마음을 들여다보는 연습은 오해를 이해로 바꾸는 좋은 시작이 돼요. 만약 내가 승규였다면 그때 서율이에게 어떤 말을 건넸을까요?

3 "감정도 캐러멜처럼 변할까요?" 설탕이 열을 만나 색과 향이 변하듯, 감정도 상황에 따라 달라집니다. 직접 캐러멜화 실험을 해 보고, 서율이의 감정을 '색'으로 표현해 보세요. 처음엔 투명했던 마음이 점점 짙어지고, 마침내 굳어지는 그 과정이 어떤 색깔로 느껴지나요?

닭대가리 아빠가
위대해!

내 이름은 백석

유은실

어린 시절 부모님은 세상의 전부이자 우주죠. 부모님은 밥 먹는 법, 걷는 법, 옷 입는 법, 신발 신는 법, 이 닦고, 세수하는 법 등등…. 아무것도 모르는 아이에게 살아가는 데 필요한 기초 지식을 알려 주고, 세상으로부터 보호해 주잖아요. 모든 걸 알고 있고, 어떤 문제든 척척 해결해 줄 것만 같은 든든하고 위대한 존재죠.

하지만 자라면서 부모님의 부족한 점을 발견하는 순간이 있어요. 태산처럼 커 보이던 부모님이 누군가에게는 고개를 숙이고, 어떤 부분에서는 서툴고, 세상 기준에서는 초라할 수도 있다는 진실을 알게 돼요. 이 소설은 우리가 자라면서 마주하게 되는 가장 서글픈 장면을 포착해요.

자식을 위해 난생처음 시집을 펼쳐 든 아버지는 낯선 낱말과 이름에 쩔쩔매요. 여기서 우리가 마주하는 것은 아버지의 무식함이 아니에요. 자식이 가는 길에 디딤돌이라도 하나 놓아 주고픈 사랑이자 배려예요. 자신이 모르는 걸 숨기지 않고 주변 사람들한테 기꺼이 물어보는 용기예요. 이웃집 아저씨의 비웃음 앞에서 무안한 아버지는 평소처럼 농담으로 맞서지 못하고 묵묵히 닭만 손질해요. 그런 아버지의 뒷모습을 보며 주인공 석이는 당혹스러워요. 보지 말아야 할 것을 본 것 같은 죄송함과 아버지를 지켜드리지 못한 미안함이 뒤섞인 이 감정은 석이가 더 이상 보호를 받기만 하는 어린아이가 아님을 알게 해요.

아버지가 무안함을 감추려 휘두르는 칼질 사이로 흐르는 정적은, 신처럼 보였던 아버지가 평범한 인간으로 변하는 지점이기도 하고, 주인공 석이가 성장하는 대목이기도 해요.

결국 이 소설은 천재 시인 백석의 시 속에 담긴 시구보다, 닭 비린내 나는 일상 속 자식을 위해 희생하는 아버지의 삶이 얼마나 아름다운가를 이야기하죠. 시에 쓰인 은유적 표현이나 시인이 쓴 사람 이름이 어느 나라인지 몰라도, 아버지는 자식을 향한 사랑을 가장 정직하게 자신의 삶 속에 써 내려가고 있으니까요. 그것이야말로 우리가 어른이 되어 가며 배우는 가장 고귀한 형태의 사랑임을 아릿하게 전합니다.

천재 시인과
똑같은 내 이름

백석은 '대거리 닭집'을 운영하는 유쾌한 아버지를 자랑스러워해요. 초등학교 4학년이 되어 만난 새 담임 선생님은 백석이 천재 시인과 이름이 같다며 관심을 보여요. 그러자 백석은 선생님이 시를 외워 보라고 할까 봐 겁을 먹죠. 아버지는 걱정 말라며 아들을 위해 백석 시집을 사 와 함께 읽으며 아들의 불안함과 두려움을 달래 주려 해요.

하지만 정작 시구를 제대로 이해하지 못하고, 옆집 건어물 아저씨에게 단어의 뜻을 물었다가 비웃음을 사요. 평소 같으면 농담으로 받아쳤을 아버지가 아무 말 없이 닭만 손질하죠. 무안함 속에 묵묵히 칼질만 하는 아버지의 낯선 모습에 석이는 슬퍼요. 그리고 세상의 모든 걸 알 것만 같던 아버지가 모르는 게 있다는 사실을 깨닫고, 자신을 위해 애쓰는 아버지에게 미안함과 애틋함을 느껴요.

MBTI로 본
등장인물의 성격

등장 인물	MBTI 유형	성격	작품 속 대표적 모습
백석	ISFP	섬세하고 배려심이 깊으며, 감정을 밖으로 터뜨리기보다 내면에서 조용히 소화함.	아버지가 시인 백석에 대해 잘 모른다는 사실을 깨닫고도 무안해할까 봐 모른 척하고 묵묵히 기다려 줌. 아버지의 체면이 구겨졌을 때 함께 고개를 숙이고, 시집을 손에 꼭 쥔 채 아버지의 슬픔을 함께 느낌.
아버지	ESFJ	유쾌하고 서글서글함. 책임감이 강하고 가족을 극진히 아낌.	시장에서 놀림을 받아도 함박웃음으로 넘기는 유쾌한 조력자. 아들 앞에서 문학 지식이 부족해 의기소침해지자 오히려 닭의 싱싱함을 설명하며 아버지로서의 자존심을 지키려 애씀. 가족을 위해 성실히 일궈 온 성취에 큰 자부심을 가짐.
어머니	ISTJ	현실 감각이 뛰어나고 매사에 정확하며 철저한 원칙을 중시함.	감정적인 동요보다는 현실적인 판단을 앞세우며, 가족의 질서를 유지하고 살림을 꾸려 나가는 든든한 버팀목.
담임 선생님	ENFJ	타인의 잠재력을 이끌어 내는 능력이 탁월하며, 정의롭고 열정적인 교육자.	백석이라는 이름에 담긴 가치를 짚어 주며 주인공에게 자부심을 심어 줌. 아이들을 진심으로 격려하고 긍정적인 방향으로 이끌어 주는 따뜻한 카리스마를 보여 줌.

유은실의 소설 〈내 이름은 백석〉의 주인공은 초등학교 4학년 백석이에요. 석이는 섬세하고 배려심이 깊어요. 또한 아버지의 머리를 '용머리 같다'고 생각할 만큼 존경하죠. 그런데 아버지가 선생님이 말한 백석 시인을 모른다는 걸 알게 되면서 존경하던 아버지의 모습에 균열이 시작되죠. 아빠가 '나린다'를 몰라도, '나타샤'가 미국 여자인지, 러시아인지, 그저 시 속 상징적 표현인지 몰라도, '러시아'와 '소련'이 같은 나라인지 몰라도, "뭐야? 아빠 몰라?"라고 묻기보다 아빠가 알려 줄 때까지 묵묵히 기다려요. 이걸 보면 백석의 MBTI는 ISFP로 보여요. 백석은 아버지를 많이 사랑해요. 하지만 자신의 생각이나 감정을 말로 드러내지 않아요. 자랑스럽던 아버지에 대한 환상은 깨졌지만 그럼에도 아버지를 이해하고 사랑하죠.

반면 아버지는 ESFJ로 책임감 있게 주변을 돌보는 유형이에요. 가족과 공동체를 중요하게 여기고 다른 사람의 감정에 민감하며 체면도 중시하죠. 겉으로는 유쾌하고 사교적이며 필요한 일을 묵묵히 해내는 유형이니까요. 어머니는 현실 감각이 뛰어나고 정확한 ISTJ예요. 담임 선생님은 ENFJ로 볼 수 있어요. 학생 이름의 의미를 짚어 주며 아이를 북돋워 주니까요.

사랑할 수밖에 없는 내 아버지
백석의 성장 이야기

구성 단계	핵심 사건	백석의 성격 변화	감정·태도 변화
발단	아버지를 소개하고 '나'의 이름이 백석인 사연 소개	아버지를 자랑스럽게 여김. 세상을 바라보는 시선이 단순하고 긍정적임	자부심, 존경, 유쾌함. 자신의 이름과 가족을 있는 그대로 받아들임
전개	선생님이 자신의 이름이 '천재 시인 백석'과 같다고 알려 줌. 선생님께서 백석 시 읽기를 시킬까 봐 걱정하는 '나'	처음으로 자신의 이름에 관심과 걱정, 호기심이 생김	기대, 걱정. 아버지와 함께 시를 읽으려는 적극적인 태도
위기	백석 시집을 사 와 아버지와 함께 읽는데 아버지가 이해 못 하는 단어가 나옴	아버지가 시의 어구를 이해하지 못해 갸웃함	약간의 혼란
절정	소련과 러시아를 알지 못해 건어물집 아저씨에게 조롱과 망신을 당하고 낙담하는 아버지와, 이를 보는 '나'	아버지의 지적 한계 인식함. 이상적인 아버지의 이미지가 흔들림	당황, 슬픔, 혼란. 고개 숙임
결말	아버지가 떨리는 목소리로 백석에게 삶에서 중요한 걸 당부하고, 그런 아버지에게 힘을 주고 싶은 '나'	현실을 받아들이고, 아버지에 대한 복합적인 감정을 느낌	연민, 이해, 수용

작가는 초등학교 4학년 백석의 눈을 빌려 현실을 똑바로 마주할 수 있어야 한다고 말해요. 그것이 성장의 시작이라는 거죠. 백석의 이름을 놓고 문학적으로 해석하는 선생님과 단순하게 제 이름을 쓰길 바라는 마음으로 아들의 이름을 지은 아버지 사이의 계층 차이는 또렷하게 드러나죠. 하지만 작가는 그 차이를 드러내 놓고 말하지 않아요. 다만 아이가 그 차이를 알게 되는 과정을 따뜻하게 그려요.

아버지가 "나라 이름이 바뀌면 잘 알아 둬", "똑똑한 친구를 사귀어라"고 말할 때 그 떨리는 말투에는 모자람을 인정하는 용기가 담겨 있어요. 더불어 아들을 향한 사랑도 있죠. 그런 아버지의 사랑을 바라보는 '나'의 시점도 중요한 역할을 해요. "닭대가리"라는 말에 "꼬끼오" 하며 웃던 아버지가 어느 순간 말을 잃는 장면은 가슴 아파요. 속상해하는 아버지의 뒷모습을 말없이 바라보는 모습에서 어린 백석의 복잡한 감정을 보여 주죠.

결국 작가는 자식이 부모의 한계를 알게 되어도 그 한계가 부끄럽지 않고 안쓰러움을 느낄 때 성장하는 거라고 말해요. 부모님을 한 인간으로 존경하고 사랑하게 되는 거니까요.

> "
> 완벽했던 아버지의 무지와
> 한계를 마주하고 포용하게 되는
> 4학년 소년의 성장을 담은 소설이에요.
> 사건 전후로 달라지는 아버지를 향한
> '나'의 인식 변화와 상징의 의미를
> 파악하는 게 중요해요.
> "

주인공의 성장을 엿볼 수 있는 사건

자주 출제될 수 있는 사건은 '시 읽기' 사건이에요. 백석 시 읽기를 시킬까 걱정하는 아들을 위해 아버지가 아들과 함께 백석 시를 읽죠. 아버지는 '나린다'를 '내린다'를 잘못 쓴 거라고 오해하고, 소련과 러시아를 구별하지 못해요. 그런 아버지를 보며 서술자 '나'는 아버지도 모르는 게 있다는 걸 알게 돼요. 이 사건을 전후로 아버지에 대한 '나'의 인식이 바뀌어요. 시 읽기 전, 아버지는 용머리처럼 대단한 사람인데, 이 사건

후 아버지는 무지한 사람이 되죠. 하지만 이야기는 거기서 끝나지 않아요. 자부심을 잃지 않으려는 아버지에게 석이가 웃어 주고 싶어 했으니까요. 여기서 '나'의 성장을 엿볼 수 있어요.

성장소설의 특징

이 작품은 단편소설이자, 현대소설이며 성장소설이에요. 초등학교 4학년인 '나'라는 서술자가 내 이름에 얽힌 일화와 아버지의 무지를 알게 되는 사건을 소개하는 형식으로 쓰였어요. 사건에 대한 '나'의 고민과 감정을 솔직하고 직접적인 문장으로 생생하게 드러내요.

닭이 상징하는 것

소설에 쓰인 상징도 중요해요. '대거리 닭집'은 '거리'에 '큰 대(大)'를 붙여서 만든 가게 이름이에요. 하지만 그 이름 때문에 아버지는 '닭대가리'라고 놀림을 받죠. 그럼에도 '나'는 아버지를 존경하기에 아버지가 '용머리'처럼 보여요. 또한 마지막에 아버지가 아들에게 전하는 '목이 긴 닭'은 아버지의 전문성과 마지막 남은 자존심을 뜻하죠.

가족을 이해한다는 건, 단순히 사랑한다고 말하는 것과는 좀 달라요. 〈내 이름은 백석〉은 아버지를 '용머리'처럼 여기던 아이가 현실의 벽을 마주하면서 아버지를 이해하게 되는 이야기를 담고 있어요. 이 작품을 통해 여러분도 '가족'과 '자기 자신'에 대해 깊이 고민하며 성장할 수 있어요.

소설의 주제

이 소설의 주제는 '아버지를 향한 넓은 이해와 마음의 성장'이에요. "부모의 한계를 알고 이를 받아들이는 순간이 성장의 출발이다"라는 작가의 생각을 이해하면 어떤 문제든 쉽게 풀 수 있어요.

함께 읽으면 좋은 작품
· 로버트 뉴턴 펙, 《돼지가 한 마리도 죽지 않던 날》, 김옥수 옮김, 사계절, 2017
· 하근찬, 《흰 종이수염》, 다림, 2002

1 백석은 아버지를 '용머리 같다'고 말했어요. 여러분도 가족 중 한 사람을 어떤 상징적인 이미지나 동물, 물건에 빗대어 표현해 보세요. 왜 그런 비유를 떠올렸는지 이유도 함께 적으면 가족을 더 잘 이해할 수 있어요.

2 "내 이름에는 ○○이 담겨 있어요"라는 문장으로 글을 시작해 보세요. 내 이름에 담긴 가족의 마음, 내 느낌, 혹은 나만의 이야기를 짧게 적어 보는 활동이에요. 이름을 다시 바라보며 '나'라는 사람을 새롭게 생각해 보는 시간이 될 거예요.

3 친구들과 "건어물집 아저씨의 말이 왜 아버지한테 상처가 되었을까?" "아버지가 떨리는 목소리로 당부를 남긴 이유는 무엇이었을까?"를 이야기해 보세요. 서로 다른 입장에서 생각을 나누다 보면, 말의 힘과 상대를 배려하는 태도를 탐구할 수 있습니다.

2장

잘못을 깨닫고
용기를 내요

어머니의 사랑

눈길

이청준

부모님한테 물질적으로 든든한 지원을 받고, 많은 재산을 물려받아야 행복하다고 믿는 사람들이 많아요. 가난한 부모님들은 부모 역할을 제대로 못한다고 여기죠. 그래서 가난한 부모를 둔 자식들은 자신이 겪은 고생만 생각하고, 자신이 성장할 때 부모한테는 아무 도움도 받지 못했다고 믿을 때가 많아요.

이청준의 단편소설 〈눈길〉은 1977년에 계간지 〈문예중앙〉에 발표된 작품이에요. 그때는 우리나라가 한창 산업화, 도시화 되던 시기로 물질만능주의가 팽배해지던 시기이기도 하죠. 이 소설의 끝부분에는 한겨울 새벽 눈 덮인 산길, 그 새하얀 눈 위로 엄마와 아들의 여정이 담긴 발자국이 나란히 새겨진 산길을 서정적으로 그려요. 그리고 그 발자국에 담긴 어머니의 헌신적인 사랑을 보여 줍니다. 이를 읽던 독자들은 끝내 서술자인 '나'처럼 눈시울을 붉힐 수밖에 없어요.

우리가 당연히 누리고 있는 오늘이 부모님의 눈물 어린 기도

와 인내 위에 세워진 것임을 깨닫는 순간, 받은 게 없다던 오만한 확신은 무너져요. 세상 기준에서 부모님은 초라하게 보여도, 그 초라함은 우리를 빛나게 하려고 그분들이 기꺼이 짊어진 삶의 무게였다는 걸 깨닫게 되죠. 여러분도 혹시 풍족하게 뒷바라지해 주지 못했던 부모님을 보며 자신에게 해 준 게 없다고 생각한 적 있나요?

하지만 부모님의 가난은, 제 전부를 내어 주느라 자신 따위는 돌보지 않은 희생 때문이기도 해요. 그 추운 새벽 아들을 배웅하고 홀로 돌아오는 길, 따뜻한 밥 한 끼 아들에게 해 주지 못해 차마 마을로 내려가지 못하고 꽁꽁 언 산에서 울던 어머니의 마음을 상상하며, '노인'이라 불리던 가난한 엄마의 사랑을 느껴 보면 좋겠습니다.

어머니와 아들이 함께 걸은 길

소설 〈눈길〉 속 서술자이자 주인공은 '나'입니다. 가난한 형편

이지만 홀로 도시로 유학 가 서울에서 직장까지 잡고 결혼한 사람이죠. 혼자서 힘겹게 성공했다고 믿어요. 자신이 자라는 동안 그 어떤 물질적 도움을 주지 않은 어머니를 '노인'이라 부르며 외면하죠.

하지만 집안이 몰락했을 때 어머니는 아들의 마지막 자존심을 지켜 주기 위해 노력합니다. 이미 남의 집이 된 빈방에 옷궤 하나만 남겨 둔 채 아들에게 따뜻한 밥을 먹여 떠나보내고, 새벽 눈길을 혼자 돌아올 때 자식의 발자국을 되짚어 밟으며 소리 없이 울어요. 아침 햇살이 비치는 마을을 보며 이제는 내 자식에게 따뜻한 밥 한 그릇 해 먹일 집이 없다는 부끄러움 때문에요. 미안한 마음에 차마 산에서 내려오지 못했다고 어머니는 뒤늦게야 며느리에게 고백해요.

자는 척하며 이 이야기를 듣던 '나'는 비로소 어머니의 사랑을 깨닫게 됩니다. 그리고 자신이 살아 낸 세월은 결코 혼자만의 힘이 아니었으며, 그동안 외면했던 어머니의 사랑 때문에 가능했다는 것을 깨닫습니다. 그리고 참회의 눈물을 소리 없이 흘려요.

MBTI로 본
등장인물의 성격

등장 인물	MBTI 유형	성격	작품 속 대표적 모습
나	ISTJ	어머니에게 받은 사랑을 물질적으로 계산하고 어머니의 사랑을 외면함.	어머니를 '노인'이라 부르며 거리를 두고, 자신은 빚이 없다고 주장함. 건조한 말투로 일관하지만, 사실은 어린 시절의 상처와 미안함을 억눌러 온 인물임.
어머니	ISFJ	헌신적인 조력자. 자신의 고통보다는 자식의 안위를 우선하며, 말이 아닌 행동과 인내로 사랑을 증명함.	아들이 집과 작별할 수 있게 집을 팔고도 새 주인에게 간곡히 부탁함. 아들에게 경제적 부담을 주지 않으려 치통과 치질 등 육체적 고통을 묵묵히 참음.
아내	ESFJ	관계의 조화를 중시함. 남편이 어머니의 사랑을 깨닫도록 어머니와 적극적으로 소통함.	남편과 어머니 사이의 보이지 않는 벽을 허물기 위해 노력함. 남편이 어머니의 진심 어린 사랑(눈길의 기억)을 깨닫도록 유도하여 결국 화해의 실마리를 제공함.

〈눈길〉에 나오는 세 인물은 모두 말수가 적고 조용한 사람들입니다. 감정을 쉽게 드러내지 않고, 마음속 깊이 품고만 살아가죠. 먼저, 주인공 '나'는 MBTI 유형 중 ISTJ 유형과 닮았습니다.

감정을 숫자처럼 계산하려는 사람이죠. 어린 시절 형의 주벽으로 집안이 가난해져요. 이후 도시에서 살아남으려고 홀로 버텨 왔기에 나는 어머니에게 빚이 없다고 여겨요. 말투는 건조하고, 어머니를 '노인'이라 부르며 일부러 거리를 두죠. 하지만 그 무심한 말과 태도 속에는 억눌린 감정과, 인정하고 싶지 않은 미안함이 숨어 있어요.

어머니는 MBTI 유형 중 ISFJ 유형으로 조용하고 헌신적인 성격이에요. 가족을 먼저 생각하고, 사랑을 말이 아니라 행동으로 보여 주죠. 그래서 집을 팔고도 아들이 집과 작별할 수 있게 새 주인에게 사정해요. 또 이가 다 빠졌어도, 치질에 걸렸어도, 병원비를 내겠다는 아들의 제안을 거절하고 고통을 참아요. 지붕을 바꾸고 싶어도 아들에게 부담이 될까 그 어떤 것도 욕심 내지 않아요.

아내는 ESFJ 유형으로 보여요. 관계의 조화를 소중히 여기고 사랑하는 이들의 진심을 끌어내려 애쓰죠. 남편이 어떻게든 어머니의 사랑을 깨닫도록 애쓰고 결국 화해하게 만들어요.

어머니의 사랑을 뒤늦게 깨닫다

구성 단계	핵심 사건	나의 성격 변화	감정·태도 변화
발단	고향집에 온 '나'가 내일 아침에 서울로 가겠다고 하자 어머니는 아쉬워하지만 곧 체념함	감정 회피, 정서 차단	어머니의 아쉬움에 반응하지 않는 무심함, 거리두기
전개	고1 때 형의 주벽으로 집이 몰락하고, 그 뒤로 어머니에게 물질적 도움을 받지 못해 '나'는 어머니에게 진 빚이 없다 여김	냉소적, 논리적 거리 두기, 감정적 유대 외면	어머니가 집을 고치고 싶다는 소망을 드러내자 외면하고 회피함
위기	'나'의 태도가 못마땅한 아내는 어머니에게 옛집에 관한 이야기를 끌어내고, '나'는 옛집에서 어머니와 지낸 마지막 날을 떠올림	감정이 흔들림	불편함
절정	'나'가 집을 떠나던 날 눈길을 홀로 되돌아가던 어머니의 이야기를 듣게 됨	몰랐던 사랑 인식, 감정 폭발	충격, 죄책감
결말	어머니의 사랑을 깨달은 '나'가 눈물을 흘림	침묵 속 눈물. 화해, 성숙	죄송함

1970년대 산업화, 도시화 되면서 정신적인 것보다 물질적인 것을 더 중요하게 여겼어요. 이 소설 속 서술자인 '나'도 세상의

모든 가치를 물질적인 것으로 환산하죠. 그렇기에 어머니가 집을 고치고 싶은 욕망을 내비칠 때 어머니는 그럴 자격이 없고, 자신도 지원할 필요가 없다고 여기죠. 가난 때문에 어머니는 어린 시절 '나'에게 물질적으로 지원한 게 없어요. 아무것도 받지 못했다 여기기 때문이죠. 이처럼 작가는 물질만능주의가 팽배해지며 흔들리던 전통적인 부모와 자식의 관계를 세심하게 짚어 내요.

이 소설은 역순행적 구성이기 때문에 소설의 구성 단계를 시간의 흐름에 따라 정리하면 사건을 더 잘 이해할 수 있어요.

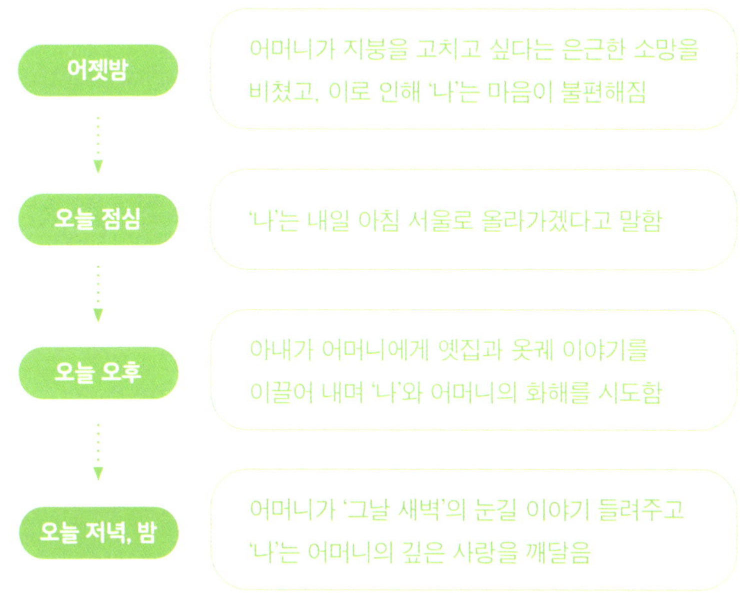

> **현재**와 **과거**가 교차하는 역순행적 구성으로 어머니의 사랑을 깨닫고 **어머니와 화해**하는 과정을 섬세하게 그린 소설이에요. '나'의 심리 변화와 소재의 상징적 의미, 그리고 **아내의** 역할을 파악하는 게 포인트예요.

역순행적 구성과 시점

이청준의 〈눈길〉은 고향으로 돌아와 갈등을 겪게 되는 귀향소설이자 단편소설이에요. 과거인 겨울 새벽 눈 내렸던 고향과, 현재인 여름의 고향 이야기가 교차하는 역순행적 구성이죠. 핵심 사건도 기억해야 해요. '지붕 개량 이야기 → 옷궤 회상 → 새벽 눈길 고백'으로 사건이 흘러가요. 또한 1인칭 주인공 시점이라 '나'의 심리를 밀착해서 보여 주고, 다른 인물의 속마음은 대화와 행동으로 간접적으로 전달돼요. 시골 고향집을 배경으로 어머니의 끝없는 사랑을 주인공이 서서히 깨닫는 이야기예요.

인물 사이 관계와 심리 변화

이 작품에서 가장 중요한 건 등장인물의 관계와 내면의 변화예요. 주인공 '나'는 어머니를 '어머니'가 아닌 '노인'이라 부르며 감정적 거리를 둬요. 이는 어머니를 부양하지 않는 것에 대한 자기 합리화라고 볼 수 있어요.

작품 속 상징

이 소설에서 기억해야 할 상징은 '눈길'과 '옷궤' 두 가지예요. '눈길'은 '나'에게는 혼자 성장해야 했던 고난의 삶이자 떠올리고 싶지 않은 아픈 기억이에요. 어머니에게는 몰락한 집안을 홀로 지켜야 하는 인고의 삶이자 시련이죠. 또한 자식을 향한 애틋하고 숭고한 사랑을 보여 주는 객관적 상관물입니다. '옷궤'는 인물마다 다른 의미를 지녀요. '나'에게는 떠올리고 싶지 않은 과거의 물건이고, 노인에 대한 '나'의 빚을 연상하게 하며 불편하게 만드는 물건이에요. 하지만 어머니에게는 자식을 배려하는 사랑이자 과거 살림살이의 흔적이며 마지막 남은 자존심이죠. 마지막으로 아내에게는 어머니의 사랑과 진실을 끌어내는 수단으로 시어머니와 남편의 관계를 회복시키는 매개체로 쓰여요.

아내의 역할

어머니는 아들에게 짐이 되지 않으려고 해요. 자신의 불행을 '내 팔자가 박복해서'라며 스스로 감당하려 하고 아들이 잘되길 바라는 인물이에요. 아내는 과거의 일을 캐내 어머니에게 세웠던 남편의 벽을 무너뜨리는 역할을 해요.

함께 읽으면 좋은 작품
· 박완서, 《엄마의 말뚝》, 세계사, 2012
· 이순원, 《국어 교과서 작품 읽기 중3 수필》 중 〈어머니는 왜 숲속의 이슬을 떨었을까〉, 창비, 2019

1 나는 왜 어머니를 '노인'이라 불렀을까요? 작품 속 '나'의 입장에서 어머니를 바라보며, 왜 그런 호칭을 선택했는지 생각해 보세요. 그 호칭에 담긴 마음을 글로 써 보세요. 짧은 메모도 좋고, 편지 형식도 좋아요.

2 이 소설을 읽고 노인과 나처럼 "가족끼리도 말하지 못한 사연이 있다면?"을 주제로 친구들과 함께 이야기 나눠 보세요. 말로 하지 못한 마음과 그 속의 진심을 함께 생각해 보면 가족에게 서운했던 마음도 풀어지면서 상대를 이해하고 공감하는 능력이 키워질 수 있어요.

3 같은 장면, 다른 시선으로 써 보세요. 눈길 속 장면 하나를 골라, 다른 인물의 시점에서 다시 써 보세요. 예를 들어, 어머니가 눈길을 혼자 돌아온 날 썼을 법한 일기를 상상해 보는 거예요. 같은 순간을 다른 마음으로 바라보면, 작품의 감정 폭도 더 넓게 느낄 수 있어요.

양심을
지키려는 결심

자전거 도둑

박완서

　여러분, 한번 상상해 보세요. 열여섯 살, 중학교를 갓 졸업했는데 고향을 떠나 서울 한복판에서 살아야 한다면 어떤 기분일까요? 게다가 아는 사람 하나 없이, 밥벌이까지 스스로 해야 한다면요. 박완서의 소설 〈자전거 도둑〉은 그렇게 살아야 했던 소년 '수남이'의 이야기예요. 이 작품은 한 소년이 낯선 도시에서 겪게 되는 도덕적 갈등과 고민을 담고 있어요. 아버지처럼 믿었던 주인 영감에게 실망하고, 결국 자신이 지키고 싶은 가치를 선택하는 과정을 그린 소설이죠.

　수남이는 시골에서 서울로 올라와 세운상가에서 전기용품 가게 점원으로 일해요. 가게에서 먹고 자면서 학교에 다닐 꿈을 키워요. 하지만 어느 날 벌어진 작은 사고 하나가 수남이의 삶을 흔들어요. 수남이는 자기가 저지른 도둑질에 실망하고, '나는 어떤 사람이고 싶은가?'를 스스로에게 질문하며 고민하죠. 이 작품은 바로 그런 질문들 속에서 수남이가 결국 어떤 결심에 이르게 되는지를 따라가는 이야기예요.

소설의 제목 〈자전거 도둑〉에서 '도둑'은 물건을 훔치는 사람만을 가리키는 게 아니에요. 도시 속에서 청소년의 노동력을 착취하고, 죄책감마저 느끼지 못하는 어른들의 물질만능주의적 가치관을 비판하는 말이기도 해요. 세상 물정 모르는 수남이를 이용하는 주인 영감과, 주인 영감의 사랑을 받기 위해 주변에서 평판이 자자할 정도로 혼자서 가게 일을 하는 수남이. 작가는 이를 통해 1960~70년대 급격하게 진행된 산업화, 도시화 속에서 도덕과 윤리의식이 약화된 물질만능주의 세상을 비판해요.

〈자전거 도둑〉의 이야기를 통해 우리 안의 '양심'과 '성장'을 조용히 들여다보는 시간을 가져 봐요.

물질보다 마음을
지키려는 소년의 성장

1970년대, 열여섯 살 수남이는 시골에서 올라와 서울 청계천 세운상가에서 하루하루 일을 배우며 살아갑니다. 처음 서울에 도

착했을 때 수남이는 그저 주인 영감이 고마웠어요. 열심히 일해서 모은 돈으로 야간 고등학교라도 다니고 싶은 작은 꿈이 있어요. 그래서 교복 입은 고등학생만 보면 전기에 감전된 것처럼 짜릿하죠. 그렇게 열심히 일한 덕분에 수남이는 세운상가 어른들에게 사랑받아요. 몇몇 어른은 수남이 혼자 일하기 너무 힘든 거 아니냐며 주인 영감한테 뭐라고 하기도 하지만 주인 영감은 수남이의 순수성을 지켜 주려면 어쩔 수 없다고 말을 돌리죠. 수남이는 그런 주인 영감에게 육친애(부모님의 사랑)를 느껴요.

그런데 바람이 몹시 심하게 부는 봄날, ××상회에 수금을 하러 가요. 간판이 떨어져 사람이 다칠 정도니 불안하죠. 아니나 다를까. ××상회 주인과 줄다리기 끝에 간신히 만 원을 받아 나오는데, 자전거가 바람에 넘어져 고급 외제차에 흠집을 냈어요. 주머니 속에 수금 받은 만 원이 있지만 주인 영감의 돈을 지키고 싶었기에 외제차 주인에게 울면서 돈이 없다고 해요. 하지만 외제차 주인인 신사는 자전거에 자물쇠를 채우고 수리비 오천 원을 가져오라고 말하고 볼일을 보러 가요. 당황하고 무력감을 느끼는데 사람들이 도망가라고 부추기죠. 수남이는 자전거를 옆구리에 끼고 들고 달아나는데 까닭 모를 쾌감을 느껴요.

가게로 돌아온 수남이에게 사정을 들은 주인 영감은 수남이를 칭찬하죠. 그 순간 수남이는 주인 영감이 도둑놈 두목으로 보여요. 자신이 잘못한 걸 혼내지 않고 돈만 생각하니 수남이는 깊은 실망과 환멸을 느낍니다. 그러면서 고등학교만 졸업하고 서울로 떠났던 형이 도둑놈이 돼 잡혀가던 일이 떠올라 몸서리쳐요. 자신이 형과 다를 게 무언가요? 서울 가서 무슨 짓을 하든 도둑질만은 절대 하지 말라던 아버지의 가르침이 떠올랐죠.

결국 수남이는 고향으로 돌아가기로 결심합니다. 물질적인 이익을 추구하는 서울보다 양심을 지킬 수 있는 곳으로 돌아가기로 해요. 양심을 지키는 게 자신을 지키는 거라고 믿으니까요.

등장인물	MBTI유형	성격	작품 속 대표적 모습
수남이	ISFJ	조용하지만 도덕을 중요시함. 성실하고 순진함.	매일 아침 남의 가게 앞까지 쓸고 닦고 밤늦게까지 일하면서도 야학의 꿈을 키움. 자전거를 들고 도망친 후, 양심의 가책을 느껴 결국 고향으로 돌아가기로 마음먹음.
주인	ESTJ	계산적이고 탐욕적. 이익과 효율을 최우선으로 하며, 인간관계를 비즈니스로만 판단함.	수남이의 공부에는 관심이 없고 겉으로만 칭찬하며 값싸게 부려 먹음. 수남이가 자전거를 들고 도망쳐 오자 영리하다고 칭찬하며 도덕보다 이익을 앞세우는 모습을 보임.
신사	ESTJ	자신의 손해에 민감하며, 타인의 사정보다 자신의 소유물(외제차)을 중시함.	바람에 쓰러진 자전거 때문에 난 흠집을 이유로 수남이의 사정은 무시한 채 수리비로 큰돈을 요구함. 자전거에 자물쇠를 채워 인질로 삼는 냉혹함을 보임.
아버지	ISFJ	말보다는 행동으로, 짧은 훈계 속에 깊은 삶의 원칙을 담아 전달함.	직접 등장하지는 않지만, 형 수길이의 절도 사건을 두고 수남이에게 서울에 가도 절대 도둑질은 하지 말라고 가르침. 덕분에 수남이가 비도덕적 환경에서도 길을 잃지 않게 붙잡아 주는 뿌리 역할을 함.

수남이는 조용하지만 속 깊고, 도덕적인 기준을 중시하며, 혼자서 깊이 고민하고, 결국 옳다고 믿는 방향을 선택하는 인물이에요. 세운상가에서 먹고 자며 가장 먼저 가게 문을 열고, 아침에는 남의 가게 앞까지 쓸고 닦고, 밤 11시까지 가게 일을 하면서도 교복 입고 고등학생이 되는 꿈을 꾸는 성실한 소년이죠. 자전거를 들고 도망치지만 양심을 어긴 것 같아서 괴로워하다 결단을 내려요. 이는 MBTI 중 ISFJ 유형이기 때문이에요.

반면 주인 영감은 감정보다는 계산이 앞서는 탐욕적인 어른이에요. 어른 셋은 일해야 하는 가게에서 어린 수남이 하나만 고용해 값싸게 부려 먹는, 약삭빠른 어른이에요. 수남이와 자전거 때문에 실랑이하는 신사 역시 이익에 관심이 많죠. 이 둘은 ESTJ 유형에 해당돼요. 둘 다 앳된 아이의 사연보다 금전이 더 중요하니까요. 그래서 어린 수남이를 동정하지 않고 자신의 이익을 취해요.

수남이의 아버지는 직접 등장하지 않지만, 수남이를 바른길로 이끄는 ISFJ 유형으로 보여요. 도덕을 중요시 여기니까요.

짜릿한 도주 속 공포
진짜 '나'를 지키기 위한 용감한 결단

구성 단계	핵심 사건	수남이의 성격 변화	감정·태도 변화
발단	고향을 떠나 세운상가의 전기 용품 도매상에서 열심히 일하는 수남이는 주인 영감에게 육친애(부모에게 느끼는 정)를 느끼고, 총애를 받음	성실하고 순응적인 태도	미래에 대한 희망, 기대, 성실함
전개	바람이 몹시 부는 봄날, ××상회 주인에게 악착같이 물건 대금을 받아 냄	거짓말로 수금을 받아 낼 정도로 약삭빠름	기분 나쁨, 능청스러움
위기	거센 바람에 자전거가 쓰러지며 외제차를 긁음. 수리비를 물어 줘야 하는 상황에서 결국 자전거를 들고 도망침	억울함, 즉흥적 판단	당혹, 걱정, 쾌감과 해방감
절정	자신의 행동을 칭찬하는 주인 영감에게 혐오감을 느끼고 자신의 부도덕성을 고민함	죄책감과 자기반성	혼란, 수치심, 자기혐오
결말	양심의 가책을 느낌. 도덕적으로 견제해 줄 아버지가 계신 고향으로 떠나기로 결심함	내적 기준 회복, 양심 회복	후회, 정화, 새로운 결심

> **<자전거 도둑>은 인물의
> 심리 변화, 갈등 구조, 상징 표현,
> 시대적 배경 등이 출제돼요.**

소설의 주제

〈자전거 도둑〉은 물질적 이익만을 추구하는 도시 사람들에 대한 비판을 담은 성장소설이에요. 급속한 산업화 속에서 무너져 가는 도덕성과, 어른들의 이기적인 모습에 실망한 소년이 자신의 양심을 지키기 위해 고향으로 돌아가기로 결심하는 이야기입니다. 이를 통해 우리는 어떻게 살아야 할지 생각해 보게 되죠. 시험에서는 이러한 주제 의식이 상징적으로 어떻게 표현됐는지를 묻는 경우가 많아요. 예를 들어, '자전거'는 수남이의 생활 수단이자 도덕적 선택을 하게 하는 사건의 매개체입니다. 또한 시골의 바람과 도시의 바람이 대조되어 칙칙하고 인간성이 메마른 도시의 모습을 상징적으로 보여 줘요. 도시의 바람은 흉흉하고 을씨년스럽죠. 먼지와 쓰레기가 날리는 부정적인 대상이에요. 또한 미래에 일어날 일을 암시하는 복선이기도 하죠. 반면 시골의 바람은 보리밭, 나무, 숲과 연관돼 활기찬 기운을 불어넣고, 계절의 변화와 순환을 의미하는 긍정적인 바람입니다.

외적 갈등과 내적 갈등

소설의 외적 갈등과 내적 갈등이 자주 출제돼요. 이 소설의 외적 갈등은 크게 다음과 같아요. 자전거를 들고 도망칠 때 수남이는 쾌감을 느끼지만, 주인 영감을 도둑놈 두목이라고 생각한 뒤에는 깊은 갈등에 빠집니다. 도덕과 현실 사이에서 고민하며 지난날 형의 도둑질을 떠올리게 되는 건 내적 갈등이에요. 이는 주제와도 연결된 갈등이므로 단골 문제입니다.

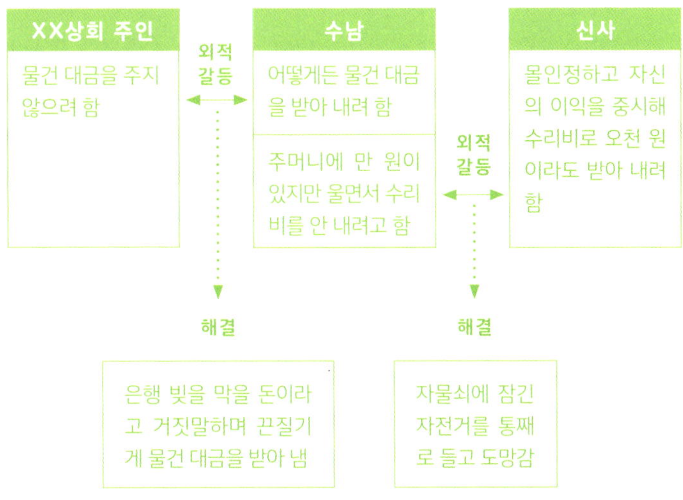

.... ✗ ....

감정 변화

시골에서 막 올라온 열여섯 살 소년인 수남이는 주인 영감을 존경하고, 학교에 다니고 싶다는 꿈을 품은 순수한 아이죠. 하지만 자전거 사고를 겪고, 주인의 반응을 통해 어른들의 부도덕성을 직접 마주하면서 내적 갈등을 해요. 발단에서는 주인 영감을 아버지처럼 따라요. 그러다 자전거를 훔친 뒤 주인 영감에게 환멸을 느끼는 부분과, 자전거를 훔치면서 쾌감과 해방감을 느낀 것에 죄책감을 느끼고 시골로 돌아갈 결심을 하는 부분이 자주 출제돼요. 이때의 감정 변화를 잘 익혀야 해요.

.... ✗ ....

소설의 시대적 배경

1970년대는 우리나라가 빠르게 산업화되면서 시골 사람들이 도시로 많이 올라왔어요. 수남이처럼 중학교만 졸업한 청소년들이 많았고, 그런 아이들은 가게나 공장에 취직해 고강도의 노동에 시달려야 했어요. 시대적 배경을 알면 수남이의 상황이 더 잘 이해가 될 거예요.

함께 읽으면 좋은 작품
· 구정화, 《청소년을 위한 노동인권 에세이》, 해냄, 2022
· 박완서, 《교과서 소설 다 보기2》 중 〈옥상의 민들레꽃〉, C&A에듀, 2020

1 수남이가 겪는 인물 간 갈등, 내면 갈등, 사회 구조와의 갈등을 정리하고, 각 장면에서 인물이 느낀 감정과 선택의 이유를 분석하고, 이야기 흐름 속 인물의 성장 과정을 살펴보는 활동을 할 수 있어요.

---

2 수남이의 도덕적 딜레마를 중심으로 양심과 현실 사이에서 고민하는 문제를 토론할 수 있어요. "자전거를 들고 도망친 행동이 정당했는지"를 토론하며 학생들은 각자의 관점에서 판단의 근거를 제시하고, 도덕적 선택에 대해 깊이 있는 생각을 나눌 수 있어요.

---

3 <자전거 도둑>에 등장하는 '오천 원'의 가치를 중심으로 1970년대와 현재의 물가를 비교, 분석하며 작품의 사회적 배경과 현실 인식을 넓힐 수 있어요. 또한 그 당시 청소년 노동자의 어려움을 조사해 보면서 청소년 인권 의식을 함양할 수 있죠.

이기적인 거짓말

옥수수 뺑소니

박상기

　성장소설은 완벽한 영웅의 이야기가 아니라 우리처럼 실수투성이인 주인공이 고민하고 아파하며 조금씩 더 나은 사람이 되어가는 과정을 보여 줘요. 이 소설 속 주인공 현성이도 우리 주변에서 흔히 볼 수 있는 철없는 소년이지만, 예기치 못한 교통사고를 겪으며 아주 중요한 선택 앞에 서게 되죠. 친구에게 빌린 스마트폰이 망가져 그 수리비를 마련하기 위해 착한 옥수수 아저씨에게 사고의 책임을 뒤집어씌우려는 비겁한 계획을 세워요. 사실 이건 단순히 거짓말을 하는 것을 넘어 양심의 뺑소니예요.

　현성이가 이런 이기적인 마음을 품게 된 배경에는 사람의 진심보다 돈이나 물건을 더 소중하게 여기는 우리 사회의 모습이 깔려 있어요. 실제로 사고를 내고 도망친 승용차 운전자는 현성이의 상태보다 CCTV가 어디 있는지부터 확인하는 비정한 어른이죠. 반면에 옥수수 아저씨는 자기 아기가 중환자실에 입원한 아주 힘든 상황에서도 현성이에게 진심으로 미안해하며 따뜻한 옥수수와 꼬깃꼬깃한 만 원짜리 지폐 몇 장을 건네요.

현성이는 투박하지만 진실한 아저씨의 손길을 마주하며, 망가진 스마트폰 액정보다 더 처참하게 깨져 버린 자신의 양심을 발견해요. 이 소설이 우리에게 말하고자 하는 진정한 성장은 잘못을 저지르지 않는 것이 아니라, 이미 저지른 잘못을 바로잡기 위해 용기 내는 게 아닐까요?

중환자실에 아기가 있어서 병원비도 걱정해야 하는 아저씨, 그런데도 제 치료비나 보상금까지 마련해야 되는 아저씨를 잡으러 현성이는 병동 밖으로 뛰쳐나가요. 현성이가 병원 복도를 달리며 느꼈을 그 숨 가쁜 죄책감과 해방감을 함께 느껴 볼까요? 과연 아저씨에게 달려간 현성이가 가장 먼저 꺼낸 말은 무엇이었을지, 우리 함께 현성이의 다음 이야기를 상상해 보아요.

내 이익만 생각한 '삶의 뺑소니'

《옥수수 뺑소니》 속 주인공 현성이는 안전모도 쓰지 않은 채

친구와 도로에서 자전거 경주를 하다가 강한 승부욕에 사고를 냅니다. 갑자기 튀어나온 현성이를 피하려고 트럭의 경적을 울리던 옥수수 아저씨는 현성이를 끝까지 챙겨 주죠. 하지만 현성이는 옥수수 아저씨의 선의를 배반하고, 자신의 실수를 덮으려고 아저씨에게 사고의 책임을 떠넘겨요. 현성이는 다른 날 승용차에 뺑소니 사고를 당해요. 그때 깨진 친구의 스마트폰 수리비와 병원 입원비를 마련하려고 선량한 옥수수 아저씨를 뺑소니범으로 몰아세우며 합의금까지 탐내죠.

하지만 옥수수 아저씨의 진심 어린 사과와 꼬깃꼬깃한 만 원짜리 지폐 몇 장, 그리고 자신과는 다르게 진짜 아파서 중환자실에 입원한 아저씨의 자식 얘기를 들으며 현성이는 흔들립니다. 물질적인 이익에 눈이 멀어 무고한 사람에게 잘못을 뒤집어씌워도 될까 망설이죠. 이 소설은 물질적인 이익과 양심이 충돌하는 소년의 내면을 치밀하게 보여 줍니다.

또한 옥수수 아저씨와, 현성이를 치고 간 뺑소니 승용차 운전자의 모습도 대조적으로 보여 줘요. 선글라스를 낀 승용차 운전자는 현성이를 차로 치고도 피해자를 걱정하기보다 CCTV부터 확인하고, 목격자가 있는지부터 확인하죠. 급박한 상황에서도 최소한의 도리를 다하려고 노력했던 옥수수 아저씨와 다르게 현성이에게 똑바로 보고 다니라며 오히려 화를 내고 떠나 버려요.

병실까지 문병 온 옥수수 아저씨가 건넨 따뜻한 옥수수와 꾸깃꾸깃한 지폐를 보며 현성이는 고민합니다. 제 잘못으로 넘어졌는데 도리어 자신을 걱정하고 선의로 대하는 옥수수 아저씨에게 잘못을 뒤집어씌우고 돈을 뜯어내려는 자신을 되돌아봅니다. 그리고 병동 밖으로 달려 나가죠.

현성이의 마지막 모습은, 잘못을 시인할 기회를 놓치지 않으려는 인간 본연의 몸부림이자 성숙으로 나아가는 고통스러운 첫걸음이 아닐까요? 어쩌면 현성이가 잘못을 바로잡은 다음 닥칠 일들은 아마 감당하기 어려울 수도 있겠죠. 그럼에도 현성이는 용기를 냅니다. 이 소설은 우리에게 진정한 책임이 무엇인지, 삶에서 중요한 게 무엇인지를 고민하게 합니다.

MBTI로 본
등장인물의 성격

등장 인물	MBTI 유형	성격	작품 속 대표적 모습
김현성	ESFP	자유롭고 즉흥적인 쾌락주의자. 재미를 최우선으로 하며 충동적이지만, 내면에는 일말의 양심이 있음.	도로 위 자전거 경주나 스마트폰 게임에 빠져 위험을 간과함. 친구의 핸드폰 수리비를 마련하려고 옥수수 아저씨를 뺑소니범으로 만들고 보상금을 받으려 함. 아저씨의 진심을 마주하고 마음을 돌림.
옥수수 아저씨	ESFJ	책임감 강하고 헌신적인 조력자. 타인의 안위를 진심으로 걱정하며 말보다 행동으로 배려를 실천함.	사고 직후 아픈 자식에게 가야 하는 긴박한 상황에서도 연락처를 전달하고, 집 전화번호를 받음. 이후 계속 현성이 집에 전화를 걸어 현성이 상태를 확인함. 뺑소니범으로 몰리는 억울한 상황에서도 병문안을 와서 옥수수와 용돈을 건네며 사과함.
선글라스 아저씨	ESTP	현실 판단이 빠른 기회주의자. 상황 파악 능력이 탁월하지만 이를 자신의 이익과 책임 회피에 사용함.	교통사고를 낸 직후 현성이의 상태보다 주변에 CCTV를 먼저 확인하는 냉철한 인물. 목격자가 없다는 것을 알자마자 현성이에게 잘못을 뒤집어씌우고 신속하게 현장을 빠져나가는 영악함을 보임.

김현성은 철없는 중학생이에요. MBTI 유형 중 ESFP라고 볼 수 있어요. 소설 초반의 현성이는 충동적이고 무책임하고, 거짓

말도 쉽게 하죠. 그러다 아저씨의 상황을 알게 되고 자신의 잘못을 깨닫고 양심의 소리에 귀를 기울여요.

옥수수 아저씨는 MBTI 중 ESFJ 유형으로 책임감이 강하고 따뜻한 분이에요. 사고가 나자 바로 달려와 괜찮냐고 묻고, 몸 상태도 확인하고 자기 전화번호를 주고, 현성이의 집 번호도 받아 가 집으로 전화해 어른들과 통화하려고 하죠. 이처럼 ESFJ는 말보다 행동으로 책임을 지는 성격이에요.

반면, 현성이를 차로 친 선글라스 아저씨는 MBTI 중 ESTP 성향으로 볼 수 있어요. 이들은 상황을 잘 읽고, 말도 빠르고, 눈치도 빨라요. 하지만 이 아저씨는 그 빠른 판단력을 책임을 피하는 데 써 버렸어요. 자기가 사고를 냈는데도, 상황을 자기에게 유리하게 만들려고 현성이에게만 떠넘기고 도망가죠.

성격이 어떻든 사람은 자신의 양심에 따라 행동해야 해요. 자신이 저지른 일을 책임지느냐 마느냐는 스스로의 선택이에요.

뜨거운 옥수수 봉지로 깨달은 가치
비겁한 거짓을 깨는 현성이의 용기

구성 단계	핵심 사건	나(김현성)의 성격 변화	감정·태도 변화
발단	'나(김현성)'는 친구 재준이와 자전거 경주를 하다 앞을 보지 않고 옥수수 트럭과 사고가 날 뻔함	장난기 많고, 철 없으며 상황의 심각성을 모름	놀람, 당황
전개	골목에서 승용차에 치였으나 검은 선글라스를 쓴 운전자는 현성이를 탓하며 사라짐	혼란, 억울, 불안	무책임한 어른의 태도에 충격. 적극적으로 대응 못 함
위기	현성이가 자동차에 치였다는 사실을 안 부모님은 옥수수 아저씨를 뺑소니범으로 몰고 현성이를 입원시킴	당황, 죄책감, 기대와 설렘	거짓말이 커지며 양심의 가책을 느끼지만 합의금을 받을 수 있다는 말에 설렘, 기대
절정	병실에 허름한 모습으로 찾아와 사과하는 옥수수 아저씨에게 위독한 늦둥이 아기가 있다는 사실을 알게 됨	깊은 죄책감, 부끄러움	위기를 모면하고 이득을 취하려 한 자신의 거짓말이 무고한 사람을 힘들게 한 것을 알게 됨
결말	옥수수 아저씨를 뺑소니범으로 몬 걸 후회하고 병실을 뛰쳐나가 아저씨를 찾아나섬	후회, 용기, 결단	책임지려는 자세. 진실을 향한 용기

> **《옥수수 뺑소니》**는 양심적인
> **옥수수 아저씨**를 보며 **부끄러움**을
> 느끼고 **책임감 있는 사람**으로
> **성장**하는 과정을 담았어요.

등장인물 비교하기

옥수수 아저씨와 선글라스 쓴 아저씨가 대처하는 모습을 대조해서 알아 두어야 해요. 옥수수 아저씨는 다정하고 책임감 있는 어른이에요. 힘든 상황에서도 남을 배려할 줄 아는 따뜻한 사람이죠. 반대로 선글라스 아저씨는 자기 이익만 챙기고 도망치는 무책임한 어른이에요. 두 사람은 각각 '성숙한 어른'과 '이기적인 어른'을 상징하고 현성이는 자신이 선글라스 아저씨와 별 차이가 없다는 자괴감이 들죠. 이 사이에서 고민하다 결국 양심을 따르기로 결심해요. 두 인물의 차이점을 묻는 문제가 나오면 명확하게 선택할 수 있어요.

나의 성장과정

현성이가 어떻게 성장하게 되는지 각각의 제시문을 연결하거나 제시문에 따른 주인공의 감정 변화를 묻는 문제가 출제될 수 있어요.

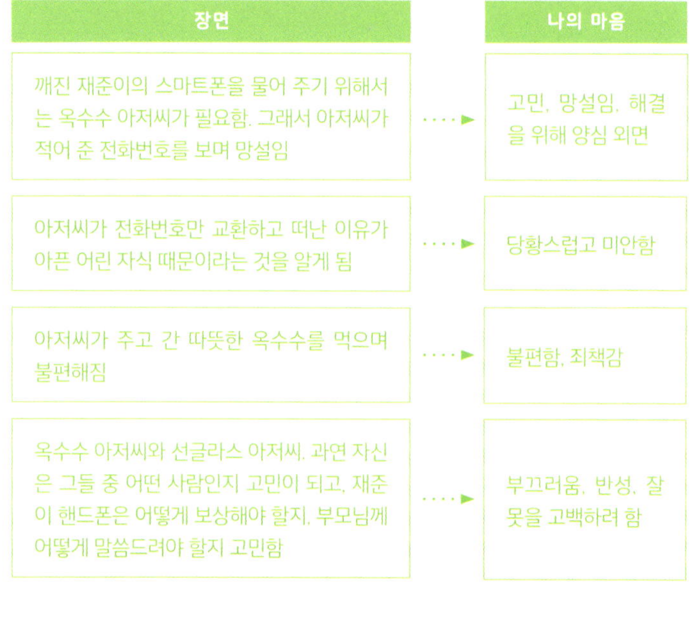

장면		나의 마음
깨진 재준이의 스마트폰을 물어 주기 위해서는 옥수수 아저씨가 필요함. 그래서 아저씨가 적어 준 전화번호를 보며 망설임	····▶	고민, 망설임, 해결을 위해 양심 외면
아저씨가 전화번호만 교환하고 떠난 이유가 아픈 어린 자식 때문이라는 것을 알게 됨	····▶	당황스럽고 미안함
아저씨가 주고 간 따뜻한 옥수수를 먹으며 불편해짐	····▶	불편함, 죄책감
옥수수 아저씨와 선글라스 아저씨. 과연 자신은 그들 중 어떤 사람인지 고민이 되고, 재준이 핸드폰은 어떻게 보상해야 할지, 부모님께 어떻게 말씀드려야 할지 고민함	····▶	부끄러움, 반성, 잘못을 고백하려 함

소재가 상징하는 것

소재의 의미도 꼭 알아 두세요. '옥수수와 계란빵'은 아저씨의 따뜻하고 인간적인 마음이 담겨 있고, '만 원짜리 지폐'에는 가족과 생계를 위해 땀 흘려 일하는 옥수수 아저씨의 현실이 드러나죠. 이렇게 각각의 소재가 뜻하는 바 역시 시험에 나올 수 있어요.

제목이 의미하는 것

제목인 '옥수수 뺑소니'의 의미도 기억해야 해요. 현성이가 자신의 잘못으로 망가뜨린 친구의 스마트폰을 책임지지 않고 잘못이 없는 옥수수 아저씨에게 그 책임을 미루려 했으니까요. '뺑소니'는 교통사고를 일컫는 말이지만 교통사고에만 한정돼 있는 건 아니라는 생각에 작가는 이 소설을 썼다고 해요. 시험에서 제목이 의미하는 바를 묻는다면, '현성이의 거짓말'이라고 답할 수 있겠죠. 주제와 연관해서 묻는 문제도 출제될 수 있어요. "이 작품에서 말하고 싶은 것은 무엇인지 적어 봅시다" 같은 주관식 문제나, 또는 객관식으로 출제된다면 '눈앞의 이익에 흔들리지 말고 진실된 마음으로 살아가야 한다', '자신이 벌인 일에 책임을 져야 한다', '상황에 떠밀려 거짓말을 하면 안 된다'처럼 답안을 작성하면 됩니다.

함께 읽으면 좋은 작품
· 김하연, 《너만 모르는 진실》, 특별한서재, 2022
· 정은숙, 《용기 없는 일주일》, 창비, 2015

1 "나는 요즘 어떤 책임을 미루고 있나요?" 작품 속 '뺑소니'라는 말을 일상에서의 책임 회피로 확장해 보고, 지금 내가 외면하고 있는 일은 무엇인지 돌아보는 글을 써 보세요. 누구에게 보여 주지 않아도 괜찮아요. 나만 아는 진심을 마주하는 시간이니까요.

2 "'나'의 거짓말은 왜 커졌을까요?" 친구들과 함께 작은 거짓말이 커지는 과정을 '눈덩이 그림'으로 표현해 보세요. 그다음 서로의 그림을 보며 "어디쯤에서 멈췄다면 달라졌을까?"에 대해 이야기해 보세요. 비판보다는 관찰과 질문에 집중해 보는 게 포인트예요. 정답을 찾기보다 함께 생각해 보는 시간이 되면 좋겠어요.

3 "'나'의 거짓말은 용서받을 수 있을까?"로 토론할 수 있어요. 찬성: 아직 어린아이였고, 두려운 상황에서 당연히 그런 선택을 할 수 있다. 반대: 어떤 상황이든 거짓말은 안 된다. 그건 누군가를 희생시키는 행동이다.
찬반으로 나눠서 토론을 진행해 보세요.

하늘은 맑음,
내 마음은 흐림

하늘은 맑건만

현덕

현덕의 〈하늘은 맑건만〉은 1938년, 일제강점기에 발표된 작품이에요. 현덕 작가는 어려운 상황에서도 우리가 잊으면 안 될 가치를 소설에 담았어요. 이 소설 역시 한 소년의 잘못된 선택에서 이야기가 시작돼요. 이 소설 속 갈등은 평범하고 소심하고 착했던 한 소년이 우연하게 손에 쥔 거스름돈에서 비롯돼요. 쾌락을 위해 양심을 저버린 최초의 선택. 그 달콤하고 즐거웠던 유혹은 소년을 원치 않는 나락으로 떨어뜨리죠. 그 과정에서 소년은 수치심과 죄책감에 괴로워해요.

'정직하고 싶다, 떳떳하고 싶다.'

갈망하지만 이를 바로잡는 건 쉬운 일이 아니에요. 정직하고 떳떳하고 싶지만 한 번 저지른 잘못을 되돌리는 일은 처음 유혹을 뿌리칠 때보다 수만 배의 용기가 필요하기 때문이죠.

우리가 사는 세상에는 늘 크고 작은 유혹들이 가득합니다. 때로는 정직보다 이익이, 진실보다 편안함이 더 매력적으로 보이죠. 하지만 〈하늘은 맑건만〉은 우리에게 말합니다. 진정한 용기란 잘못을 저지르지 않는 것보다 자신이 저지른 잘못을 마주하고 사죄하며 진실을 말할 수 있는 힘이라고요. 소년은 자신의 죄를 인정하고 바로잡을 수 있을까요?

〈하늘은 맑건만〉의 '정직하자'는 교훈은 지금도 유효한 덕목이에요. 세상의 유혹은 언제, 어디서나 불시에 우리에게 손을 내밀죠. 그럴 때 우리는 어떻게 해야 할까요? 지금부터 그 이야기를 함께 따라가 봐요.

몰래 쓴 거스름돈, 뒤늦은 후회

숙모의 심부름으로 고깃간에 간 문기는 주인의 실수로 거스름돈을 9원이나 더 받게 됩니다. 숙모에게 확인하고 나서 잘못 받은 돈을 정직하게 돌려주려던 문기는 친구 수만이를 만나고 유혹에 넘어가요. 그 돈으로 장난감을 사고 맛있는 것을 먹으며 처음으로 마음껏 돈을 써 보는 쾌락에 빠집니다.

하지만 즐거움도 잠시, 삼촌에게 물건들을 들키자 수만이에게 선물받은 것이라고 거짓말을 하게 되고, 자신을 믿어 주는 삼촌 때문에 깊은 죄책감을 느낍니다. 문기는 그 돈으로 산 쌍안경과 공을 버리고, 남은 돈을 고깃간 마당에 던져 버리며 잘못을 되돌리려 노력합니다.

그러나 수만이는 문기가 돈을 혼자 가지려 한다고 오해하게 되죠. 문기를 '도둑놈'이라 협박하고 교실 칠판에까지 비난하는 글을 적으며 괴롭혀요. 압박을 견디다 못한 문기는 결국 숙모의 돈을 훔쳐 수만이에게 건네는 더 큰 잘못을 저지르고 맙니다. 이 일로 억울한 누명을 쓴 식모 점순이가 쫓겨나게 되고, 문기는 점순이의 울음소리를 들으며 괴로워합니다.

무거운 마음으로 등교한 문기는 '정직'을 주제로 글을 쓰는 수신(도덕) 시간에 차마 맑은 하늘을 쳐다보지 못할 만큼 양심의 가책을 느낍니다. 담임 선생님께 털어놓으려 하지만 기회를 놓치고, 복잡한 마음으로 길을 걷다가 교통사고를 당하게 됩니다. 병원에서 의식을 되찾은 문기는 죽음의 문턱에서 비로소 도망치지 않고 자신의 잘못을 마주하기로 결심하며, 삼촌에게 그동안 숨겨 왔던 모든 진실을 고백하며 마음의 짐을 내려놓습니다.

MBTI로 본
등장인물의 성격

등장 인물	MBTI 유형	성격	작품 속 대표적 모습
문기	ISFP	섬세하고 소심함. 내성적이고 수줍음이 많으며, 갈등 상황에서 괴로워하고 스스로 해결하려 애씀.	거스름돈을 더 받고도 사람들 틈에서 말하지 못해 망설임. 죄책감에 장난감을 버리고 고깃간 마당에 돈을 던짐. 정직에 관한 글쓰기 시간에 맑은 하늘을 쳐다보지 못할 정도로 양심의 가책을 느낌.
수만	ESTP	현실적이고 기회주의적인 성격. 상황 판단이 빠르고 자신의 이익을 위해 타인을 이용하거나 위협하는 데 거침이 없음.	돈이 생기자마자 쓸 궁리를 하며 문기를 유혹함. 문기가 돈을 돌려줬다는 말을 믿지 않고 '도둑놈'이라며 칠판에 적거나 멱살을 잡는 등 집요하게 협박하여 결국 문기가 돈을 훔치게 만듦.
삼촌	ISFJ	책임감 있고 헌신적인 보호자. 도덕적 기준이 엄격하면서도 조카를 향한 깊은 신뢰와 인내심을 보여 줌.	문기의 거짓말을 의심하면서도 문기가 한 말을 믿어 주겠다며 기회를 줌. 문기를 감정적으로 다그치기보다 이성적이고 차분하게 타이르며 정직의 가치를 중요하게 가르침.

　　소설에는 성격이 뚜렷한 세 인물이 등장해요. 양심의 소리에 민감하게 반응하는 마음 여린 문기. 자신의 이익을 위해서 친구쯤은 쉽게 이용하는 이기적인 수만이. 그리고 책임감 강하고, 끝

까지 조카를 믿어 주는 따뜻하고 인내심 강한 삼촌.

문기는 MBTI로 보면 조용하지만 속 깊고, 자신만의 방식으로 바른길을 가려는 ISFP형이죠. 한없이 조심스럽고 내성적인 소년이에요. 문기는 자신의 마음을 겉으로 쉽게 표현 못 하고, 시간이 걸려도 자신만의 방법으로 진실을 실천하려고 해요.

반면 수만이는 MBTI 유형 중 ESTP형이에요. 현실 중심적이고 자신의 이익을 우선시하며 위기 상황을 자신에게 유리하게 돌리려는 기질이 뚜렷하죠. 욕심 많은 인물로 문기의 고민을 듣자마자 그 돈을 어떻게 쓸 수 있을까 궁리해요. 양심보다는 실리를 따지고, 정직이나 우정 같은 도덕적 가치보다 자신이 무엇을 얻을 수 있을지를 먼저 생각해요.

문기를 맡아 키우는 삼촌은 MBTI 중 ISFJ형으로 헌신적이고, 문기를 진정으로 사랑하고 아끼는 인물이에요. 삼촌은 단호함과 따뜻함을 동시에 담고 있어요. 정직과 책임을 중시하며, 문기를 꾸짖을 때도 감정적으로 다그치기보다 이성적으로 타이르죠. 이 유형은 가족과 전통적인 가치, 도덕적 기준을 중요시해요.

〈하늘은 맑건만〉은 갈등을 단순한 선과 악의 대립이 아닌, 각기 다른 성격과 가치관의 충돌로 섬세하게 그려 내요.

두려움을 이긴 문기의 용기

구성 단계	핵심 사건	문기의 성격 변화	감정·태도 변화
발단	·중문의 안반에 숨겨 둔 물건들이 사라져 당황함 ·고깃간에 심부름 갔다가 거스름돈을 더 받음	소심하고 내성적	당황, 망설임, 걱정.
전개	·수만이와 거스름돈을 함께 씀 ·거스름돈으로 산 물건을 삼촌에게 들켜 꾸중 들음 ·거스름돈으로 산 물건을 버리고, 남은 돈은 고깃간 집 안마당에 던짐. 환등기를 사자고 찾아온 수만이게 그 사실을 말함	순진, 수동적, 현실 타협	·거스름돈 쓰기 전 두려움, 죄책감 ·거스름돈 쓸 때 기쁨, 즐거움 ·삼촌에게 들킬 때 부끄러움, 죄책감 ·쌍안경, 공 버리고 거스롬돈 던질 때 시원한, 홀가분함
위기	·수만이 협박에 숙모 돈 훔침 ·식모로 일하는 점순이가 누명 쓰고 쫓겨남	소심함, 수동적, 책임 회피, 비겁함	괴로움, 불안, 절망스러움, 미안함, 죄책감, 괴로움
절정	·수신(도덕) 시간에 정직에 관한 글 쓰며 죄책감 느낌 ·선생님께 고백하러 갔다가 돌아오는 길에 교통사고를 당함	내적 갈등 극심	양심의 가책, 자책, 좌절, 절망, 수치심, 부끄러움
결말	병원에서 깨어난 후 삼촌에게 모든 사실 고백	자기 성찰을 통한 변화, 용기	솔직함, 책임감, 홀가분해짐

현덕의 소설 〈하늘은 맑건만〉은 한 소년의 작은 거짓말에서 시작된 갈등이 어떻게 성장으로 이어지는지를 섬세하게 보여 줘요. 작가는 주인공 문기를 통해, 양심을 지키며 살아간다는 게 얼마나 어려우면서도 소중한 일인지를 들려줍니다.

문기는 수만이의 유혹, 점순이의 누명, 그리고 삼촌의 실망 앞에서 죄책감에 시달려요. 하지만 쉽게 털어놓지도 못하고 괴로워하죠. 교통사고를 당하고 의식이 돌아온 후 삼촌에게 정직하게 고백하고, 마음을 짓누르던 무게에서 벗어납니다.

작가는 전지적 시점으로 문기의 내적 갈등을 섬세하게 다뤄요. 누구나 유혹에 빠지고 실수할 수 있어요. 하지만 그 잘못을 마주 보고 바로잡으려는 용기가 더 중요하다고 알려 주죠. 그리고 그 순간, 우리는 비로소 맑은 하늘을 다시 올려다볼 수 있게 되는 거예요.

> "
> 현덕의 소설 <하늘은 맑건만>은
> 사건의 흐름에 따른 문기의 심리 변화를
> 이해해야 해요. 잘못된 선택 앞에서
> 갈등하던 소년이 어떻게 자신의 양심을
> 회복해 가는지를 따라가다 보면,
> 작품의 핵심이 자연스럽게 보이거든요.
> "

내적 갈등과 외적 갈등

이 소설에서는 주제를 드러내는 갈등의 종류를 잘 알아야 해요. 소설의 갈등에는 크게 '내적 갈등'과 '외적 갈등'으로 나뉘어요. 이 소설에서 외적 갈등이 드러나는 곳은 두 군데인데요. 삼촌이 문기를 불러 놓고 혼내는 장면, 수만이가 환등기 살 돈을 내놓으라고 협박하는 장면이에요. 그리고 나머지는 그 과정에서 괴로워하는 문기의 내적 갈등을 표현하죠. 갈등이 어떻게 생겼는지, 어떤 유형의 갈등인지를 묻는 문제가 출제돼요.

소설의 시대적 배경

이 소설의 배경은 1930년대 일제강점기예요. 당시 시대 분위기를 보여 주는 낱말들이 시험에 자주 출제돼요. '지전'(종이돈), '둥구미'(짚으로 만든 둥글고 깊은 그릇), '환등기'(그림, 필름 따위를 확대해 스크린에 비추는 기계) 같은 말은 옛 생활 방식을 보여 주는 단서예요. 특히 '십 원'은 노동자들의 한 달 치 월급에 해당할 만큼 큰돈이었어요. 이러한 시대적 배경을 꼭 기억해 두세요.

이야기 구성 방식

〈하늘은 맑건만〉은 역순행적 구성, 즉 현재에서 시작해 과거를 회상하고 다시 현재로 돌아오는 구조예요. 문기의 불안한 심리를 먼저 보여 준 뒤, 그 이유를 차근차근 풀어 가는 형식이에요. 시험에서는 '발단 - 전개 - 위기 - 절정 - 결말' 단계에서 문기의 감정이나 행동이 어떻게 바뀌는지를 묻는 문제가 잘 나와요.

인물의 성격

문기는 내성적이고 소심한 아이예요. 반면 수만이는 이기적이고 계산적이죠. 두 사람은 행동도, 말투도 뚜렷하게 달라요. 시험에서는 '누가 어떤 상황에서 어떻게 행동했는지'를 근거로 성격을 묻는 문제가 자주 나오니, 말이나 행동에 주목해서 정리해 두세요. 삼촌은 엄격하지만 따뜻한 어른이에요. 문기가 고백할 수 있었던 것도 삼촌이 문기의 도덕성을 잡아 줬기 때문이죠. 또한 학교의 수신 시간도 큰 역할을 했고요. 삼촌의 성격과 역할을 묻는 문제도 함께 나와요.

제목이 의미하는 것

〈하늘은 맑건만〉에서 '하늘'은 문기의 양심이나 정직한 마음을 비추는 거울이에요. 외부 제시문으로 윤동주의 시 〈우물〉이나 〈서시〉와 연관해서 출제돼요. 여기서 '하늘'은 양심을 비추는 거울이자 심판자라고 볼 수 있어요. 또한 하늘, 심판자를 똑바로 보기 위해서는 '양심에 어긋난 삶을 살면 안 된다'는 주제와 연관돼 출제됩니다.

함께 읽으면 좋은 작품

· 박완서, 《자전거 도둑》, 다림, 1999
· 윤동주, 《윤동주를 읽다》 중 〈서시〉, 전국국어교사모임 글, 휴머니스트, 2020

1   "정직함이란 뭘까?"를 주제로 친구들과 토의해 보세요. 문기가 갈등하는 장면들을 바탕으로 "정직이 왜 어려울까?"라는 주제로 모둠 토론을 할 수도 있어요. 정직과 거짓말 사이에서 고민하는 마음, 친구와의 관계, 양심에 따른 선택의 어려움 등을 함께 나누며, 윤리적 판단의 기준이 되는 다양한 철학자의 입장에서 논의해 볼 수 있어요.

2   주인공 문기의 입장에서 3일간의 일기를 써 보는 활동을 해 봐요. 거스름돈을 더 많이 받았다고 말하지 못했던 날, 양심의 가책을 느껴 괴로워한 날, 그리고 고백 후 후련했던 날로 각각 나누어 써 볼 수 있어요. 일기를 쓰면서 등장인물을 더 깊게 이해할 수 있습니다.

3   '정직 캠페인'을 열어 보세요. '작은 거짓도 큰 잘못이 될 수 있어요'와 같은 표어를 만들고, 점심시간에 방송하거나 복도 게시판에 게시하는 활동을 진행할 수 있어요.

세상은 혼자가 아니라
함께 하는 거예요

커튼콜

조우리

'커튼콜'이란 연극이나 음악회에서 공연이 끝난 후 관객이 환성과 박수로 퇴장한 출연자를 무대로 불러내는 걸 말해요. 긴 시간 노력한 출연자의 노고와 열정에 열렬한 경의를 표하는 거죠. 《커튼콜》은 악성 댓글 때문에 상처 입은 소녀 은비가 세상 밖으로 나와 커튼콜을 받게 된다는 성장소설이에요.

SNS가 발달하면서 우리는 타인의 시선에 예민하게 반응하며 살아가죠. 이 소설은 그런 우리 시대의 자화상을 그리고 있어요. 어린 시절 악성 댓글은 아역 배우였던 은비에게 공포를 심어 주었어요. 그래서 세상으로부터 자신을 고립시키고, 누구에게도 비난받지 않으려고 스스로를 매섭게 채찍질해요. 은비가 타인과의 소통을 끊고 홀로 연기 연습에 매달린 것은, 완벽하게 준비되지 않으면 세상에 나설 수 없다는 두려움과 사람을 믿을 수 없다는 불신 때문이에요. 자신을 지키기 위한 방어기제라고 할 수 있어요.

이처럼 우리도 은비처럼 타인의 평가라는 잣대 아래서 스스로를 검열하며 살아가요. "실수하면 안 돼", "모두에게 인정받아야 해"라는 강박은 우리를 보이지 않는 감옥에 갇힌 죄수로 만들어요. 하지만 소설은 역설적이게도 은비의 실패를 통해 진정한 해방을 보여 줘요.

무대 위에서 얼어붙고 대사를 잊어버리는 최악의 순간, 은비를 구원한 것은 은비의 완벽함이 아니라 곁에 있던 동료의 서툰 손길과 따뜻한 눈빛이었으니까요. 덕분에 위기를 모면하게 되거든요.

《커튼콜》은 혼자서 완벽해지려 애쓰지 않아도 괜찮다는 위로를 전해요. 내 부족함은 동료들이 채워 주고 관객들이 박수로 응원해 주니까요. 연대와 소통을 깨달으며 성장하는 은비의 이야기 속으로 들어가 볼까요?

무대에 다시 오르기까지
은비의 실패와 도전

중학교 연극부의 창작극 〈파도〉의 주인공 루나 역을 맡은 은

비는 공연이 시작하자마자 극심한 긴장으로 얼어붙어요. 하지만 동료 윤서의 기지와 관객석의 응원에 힘입어 간신히 연기를 이어 갑니다. 사실 은비는 아역 시절 겪은 악성 댓글로 방 안에서만 은 둔하다 인터넷에서 자신을 응원하는 댓글을 보고 다시 용기를 내 어 연극부가 있는 학교로 전학 온 학생이지요. 예술고로 진학하 고 싶다는 열망에 은비는 주인공 역할을 하고 싶어서 혹독하게 혼자서 연습에 매달립니다.

본 공연에서 실수를 거듭하자 자책하던 은비는 동료들에게 따뜻한 위로를 받아요. 그리고 연극은 동료들과 함께 만드는 무 대라는 사실을 깨닫고 3막에서 진심 어린 연기를 펼칩니다. 성공 적으로 공연을 마친 은비는 쏟아지는 관객의 박수 소리에 더 많 은 무대에 서고 싶다는 강렬한 열망을 느끼며 지난 상처를 극복 해요. 예술고 지원서를 둘러싼 오해와 갈등도 공연이 끝난 후 친 구들과 나눈 진솔한 대화로 풀려요. 은비는 연극부 친구들과 꿈 을 향해 함께 걸어갑니다. 은비에게 쏟아진 관중의 갈채는, 상처 를 극복하고 다시 시작한 그녀의 용기에 보내는 세상에서 가장 아름다운 '커튼콜'이 됩니다.

등장인물	MBTI 유형	성격	작품 속 대표적 모습
천은비	INFP	생각이 많고 섬세하며, 타인의 시선에 민감함. 내면의 자신감은 부족하지만 꿈에 대한 열정은 누구보다 깊음.	과거 악성 댓글로 입은 상처 때문에 무대 위에서 얼어붙거나 실수를 연발하지만, 친구들의 도움과 격려를 받으며 '연극은 혼자 하는 것이 아님'을 깨닫고 성숙한 연기자로 거듭남.
혜원	ESTJ	책임감이 강하고 현실적이며 계획적인 리더. 팀의 조화와 목표 달성을 중요하게 여김.	연극부장으로서 전학 온 은비를 부원들 사이에 잘 적응하도록 돕고, 공연 중 긴장한 은비가 부담을 덜 수 있도록 팀 분위기를 조율함. 실질적인 조언과 배려로 연극부를 이끄는 든든한 조력자.
지민	ISTP	냉철하고 이성적이며 상황 판단이 빠름. 무심해 보이지만 핵심을 꿰뚫는 조언을 건넬 줄 아는 해결사.	극본을 쓴 작가로서 공연 중간에 은비를 따갑게 혼내는 듯 보이지만, 사실은 은비가 자신감을 되찾기를 바라는 마음에서 건넨 자극임. 감정에 치우치지 않고 은비의 노력을 객관적으로 인정해 줌.

《커튼콜》 속 천은비는 MBTI 중 INFP형으로 보여요. 혼자 생각이 많고, 다른 사람 눈치를 자주 봐요. 연기를 좋아하지만 자신

감이 부족해서 쉽게 속상해져요. 그래도 마음속 깊은 곳에서는 '내가 정말 좋아하는 걸 잘해 보고 싶다'는 열정이 있어요. 실수해도 포기하지 않고, 친구들의 위로와 격려에 용기를 내죠.

혜원이는 MBTI 중 ESTJ형으로 꼼꼼한 책임자죠. 연극부 부장으로서 항상 책임감 있게 행동하고, 친구들을 잘 챙겨요. 은비가 힘들어할 때는 먼저 다가가 도와주고, 팀 전체가 잘 움직일 수 있도록 이끌어요.

〈파도〉의 극본을 쓴 지민이는 MBTI 중 ISTP형으로 보여요. 겉으로는 쌀쌀맞아 보여도 속으로는 친구를 걱정하죠. 감정보다는 이성적으로 판단하기에 의기소침한 은비가 용기를 낼 수 있도록 연극 중간에 힘을 줘요.

무대 위 함께하는 행복한 성장 이야기

구성 단계	핵심 사건	천은비의 성격 변화	감정·태도 변화
발단 (현재)	연극 무대에 오른 은비는 대사할 타이밍을 놓치는 실수를 함	소심함, 자격지심	미안함, 불안, 자신 없음
전개 (과거)	초등학교 때 아역 배우를 했던 은비는 1년 만에 그만두고, 이후 악성 댓글로 두문불출. 하지만 자신을 응원하는 댓글을 발견하고 다시 연기의 꿈을 꿈	소극적, 두려움, 도전	좌절, 수치심, 자기 혐오, 외로움, 괴로움, 용기
위기 (과거)	중3 때 은비는 연극부에 들어가 주인공 공개 선발에 참여. 실수했지만 주인공에 뽑혀 두려움	완벽주의→자기 부정	소심함, 자괴감, 자격지심
절정 (현재)	무대에서 은비는 여러 차례 실수하고 부원들에게 미안해 눈물 흘림. 부원들의 격려로 연극을 무사히 마치고 커튼콜을 나감	자기 부정→자기 이해와 수용	미안함, 괴로움, 위로, 연대, 고마움, 용기, 성취감
결말 (현재)	며칠 후 예술고에 지원하는 은비와 친구들	자기 인정과 내면 확신	성취감, 자신감, 씩씩함

《커튼콜》은 현재에서 과거로, 과거에서 대과거로 그리고 다시 과거에서 현재로 이어지는 역순행적 구성으로 되어 있어서 이해

하기 어려울 수 있어요. 이야기를 시간 순서대로 정리하면 다음과 같아요.

• 은비가 초등학교 때 있었던 일과 생각과 느낌

우연한 기회에 아역 배우로 큰 인기, 친구 혜원이 전학간 것도 모름	배우에 관심 없지만 칭찬 들으면 기분이 좋음
연기에 큰 욕심이 없어서 1년 만에 활동 그만둠	주변 사람들과 어울리지 못해 외로움
인터넷에 올라온 사진에 달린 악성 댓글로 방 밖으로 나가지 않음	상처가 깊어짐
자신을 반가워하고 응원하는 댓글을 보고 예전 영상을 찾아봄	연기를 잘해 보고 싶다는 생각이 듦

• 은비가 중학교 때 있었던 일과 생각과 느낌

전학 간 학교에서 연극부 가입, 혜원이와 다시 만남	마침내 연기를 할 수 있다는 설렘과 기대
주인공 공개 선발에서 실수를 했지만 뽑힘	자격지심이 있었으나 실력으로 보여 주기로 함
첫 공연 때 다섯 번의 실수, 부원들 도움으로 위기 모면	그간 노력이 하찮게 느껴지고 부원들에게 미안함
남은 공연에서 용기를 얻음. 친구들과 함께 예술고 지원서 내러 감	자신의 꿈을 향해 씩씩하게 나아감

> **"**
>
> **과거의 상처로 마음을 닫은
> 은비가 다시 친구들과 관계 맺고
> 꿈을 향해 나아가죠. 트라우마를
> 극복하는 구조와 내적 갈등을 어떻게
> 해소하고 성장하는지 출제돼요.**
>
> **"**

소설의 입체적 구성

'어려움을 딛고 자신의 꿈을 찾아가는 성장 이야기'라는 주제를 바탕으로 현재와 과거가 교차되는 입체적 구성 방식에 따라 소설이 전개되기에 구성 관련 문제가 출제돼요. 과거의 주인공이 겪는 어려움, 그 어려움 속에서 주인공이 한 선택, 그 선택으로 겪는 또 다른 어려움, 이를 극복하게 되는 계기와 주변 인물과 관련된 문제가 출제됩니다.

내적 갈등과 성장

은비가 내적 갈등을 어떻게 극복하며 성장해 나가는지 그 과정이 출제돼요. 다음 내용을 파악하면 쉽게 풀 수 있어요.

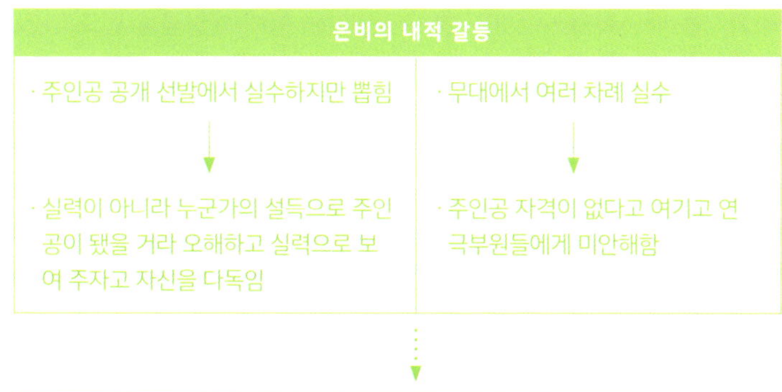

성장소설의 가치와 의미

세상과 담을 쌓고 살던 아역 배우 은비가 연극 오디션과 공연을 통해 다시금 세상과 만나 친구를 사귀고 자신의 꿈을 향해 걸어 나가요. 그 과정에서 주인공이 겪는 내적 갈등이 시험에 출제돼요. 무엇보다 이 소설은 은비의 성장을 담고 있기에 성장소설의 가치와 의미도 알고 있어야 해요. '이런 소설의 특징으로 알맞은 것은?'이라고 출제된다면 다음과 같은 내용을 알아야 해요.

① 등장인물이 겪는 고민과 어려움을 해결하며 성장하는 과정을 드러낸다. ② 등장인물의 삶을 통해 간접경험을 쌓고 깨달음을 얻으며 문학의 가치를 내면화할 수 있다. ③ 등장인물을 통해 깨달음을 얻고 타인을 이해하며 자신의 삶을 성찰하고 주인공이 깨달은 가치를 내면화할 수 있다.

즉 《커튼콜》과 같은 성장소설은 문학작품을 통해 자신을 성찰하고 성장하는 간접경험에 도움을 준답니다.

함께 읽으면 좋은 작품

· 문경민, 《브릿지》, 우리학교, 2025
· 은소홀, 《5번 레인》, 문학동네, 2020

1. 《커튼콜》처럼 자신만의 성장 이야기를 랩으로 표현해 봐요. 짧고 강력한 가사로 내 안의 어려움·상처·장애를 어떻게, 어떤 사건을 겪으며 극복하고 성장했는지를 적어 보세요. 이를 친구들과 함께 공유하면서 공감하고 예술적 창의성을 나눠 봅니다.

2. 은비처럼 친구들의 마음을 오해하고 스스로 거리를 둔 적이 있나요? 이런 경험이 있다면 그 경험을 서로 이야기해 보고, 그럴 때 어떻게 소통하는 것이 좋을지 은비 입장이 돼서 소통하는 방법을 토의해 봐요.

3. 소설 속 연극 <파도>를 참고해, 자신의 꿈을 바탕으로 한 희곡을 직접 쓰고 친구들과 역할을 나눠 연기해 보세요. 협업하면서 서로의 감정을 나누고, 무대 위에서 내 목소리를 내는 경험을 함께할 수 있어요.

3장

웃음으로 세상을 비트는 해학형·풍자형 주인공

내가 웃는 게
웃는 게 아니야

닭싸움이
사랑이라고요?

동백꽃

김유정

한국 문학의 보물인 김유정 작가는 1930년대 강원도 시골을 배경으로 우리 민족의 투박하면서도 정겨운 삶을 재미있게 그려 낸 천재 작가입니다. 가난과 병마 속에서도 슬픈 상황을 웃음으로 승화시키는 해학적인 작품들을 남겼어요. 특히 구수한 사투리와 생동감 넘치는 입담으로 읽는 이들에게 큰 즐거움을 주죠.

이 작품을 이해하려면 우선 마름과 소작인의 관계를 먼저 알아야 해요. 일제강점기에는 땅 주인인 지주를 대신해서 마을의 농사일을 관리하고 땅을 빌려줄 권한을 가진 '마름'이라는 사람이 있었는데 이들은 마을에서 거의 왕처럼 군림하며 권력을 휘둘렀죠. 반대로 '나'의 가족처럼 마름의 땅을 빌려 농사를 지으며 살아가는 사람들을 '소작인'이라고 불렀답니다.

'나'의 가족은 마름인 점순네 덕분에 마을에 겨우 자리를 잡고 살고 있었기 때문에 소년에게 점순이는 단순한 친구가 아니라 우리 집안의 생계를 결정짓는 아주 무서운 존재였던 셈이죠. 점순이가 닭싸움을 시키며 괴롭혀도 소년이 화를 내지 못한 이유는 마름네의 미움을 사 집과 땅을 뺏기고 쫓겨날 수 있다는 엄청난 공포가 깔려 있었기 때문입니다.

하지만 이 소설은 그런 신분의 벽조차 녹여 버리는 첫사랑의 서툰 감정을 아름답게 보여 줘요. 점순이가 닭싸움으로 소년을 못 살게 군 것은 사실 자기 마음을 알아 달라는 간절한 외침이었고, 소년 또한 마지막에 노란 꽃밭으로 함께 쓰러지며 알싸한 향기에 취하게 돼요. 이것은 두려움이 설렘으로 변하며 새로운 감정에 눈을 뜨죠.

작가는 일제강점기라는 힘든 현실 속에서도 인간의 순수한 사랑이 어떻게 피어나는지를 웃음과 감동으로 풀어내며 뭉클한 여운을 전해요. 1930년대 강원도의 봄날에 피어난 이 알싸하고 노란 첫사랑의 의미를 되새겨보며, 소년과 소녀가 나눈 진심을 더 깊이 느껴 볼까요?

노란 동백꽃이 피는 계절,
서툰 마음들이 부딪친 봄날

김유정의 〈동백꽃〉은 1930년대 강원도 산골을 배경으로 주인공(나)이 사랑에 눈을 뜨기까지의 과정을 섬세하게 그린 작품입니다. 사랑에 눈을 뜨지 못한 '나'와 자신의 마음을 알아주길 바라는 천방지축 점순이의 서툰 모습이 웃음을 자아내요. 왜 둘은 서로 마음을 터놓지 못하고 흑역사만 만들고 있는지, 그 시대의 상황을 알 필요가 있어요.

1930년대는 조혼 풍습으로 십 대 중후반이면 이미 결혼 적령기였으며, 대부분 중매로 결혼하던 때라 연애는 꿈도 꿀 수 없었습니다. 당시 열일곱 살이었던 '나'와 점순이가 함부로 어울려 다니다가는 곤란한 처지에 놓이기 십상이었지요. 특히 마름 집 딸인 점순이와 소작인 아들인 '나'는 신분 차이 때문에 동네에서 마주쳐도 아는 척조차 하지 않는 사이였어요.

갈등은 나흘 전, 점순이가 일하던 '나'에게 감자를 내밀며 시작되었어요. 주인공(나)이 이를 거절하자 점순이는 다음 날부터 남의 암탉을 때리거나 자기네 커다란 닭으로 '나'의 집 작은 수탉을 괴롭히며 심술을 부려요. 화가 난 '나'는 닭에게 고추장 물을 먹여 원기를 회복시킨 다음 싸움을 붙여 보기도 하고, 뻐드러진 닭을 아버지 몰래 숨기기도 하며 전전긍긍해요.

오늘 또다시 닭싸움을 붙여 놓은 점순이를 보고 참다못한 '나'는 결국 점순네 닭을 때려죽여요. 정신이 돌아온 '나'는 집과 땅을 뺏기게 될 거라는 두려움에 엉엉 울음을 터뜨리지요. 그러자 점순이는 자기 말을 잘 들으면 모른 척해주겠다며 다가오고, '나'의 어깨를 짚은 채 함께 픽 쓰러져요.

그 순간 두 사람은 노란 동백꽃 속으로 파묻히고, '나'는 알싸한 꽃내음과 황홀한 향기에 휩싸입니다. 무서운 마름 집 딸이었던 점순이에게서 이성의 향기를 느끼며 비로소 사랑에 눈을 뜨게 돼요. 1930년대 강원도 산골의 알싸하고 노란 첫사랑이 시작되는 눈부신 순간이랍니다.

등장인물의 성격

등장 인물	MBTI 유형	성격	작품 속 대표적 모습
나	ISFP	내성적이고 신중함. 눈치가 다소 없고 둔감함. 내면의 감정 변화에 민감하지만 겉으로 표현하는 데 서투름.	점순이가 건넨 감자(호의)를 무시로 오해함. 닭싸움에 이겨 보겠다고 닭에게 고추장을 먹임. 점순이네 닭이 죽자 집안이 망할까 봐 엉엉 울다가, 사랑을 깨달음.
점순	ENFJ	활발하고 주도적임. 자신의 감정을 행동으로 직접 전달하며, 관계를 이끌어 가는 에너지가 강함.	가족들 몰래 구운 감자를 '나'에게 내밀어 마음을 표현함. 관심을 끌기 위해 의도적으로 닭싸움을 붙이고 관계의 주도권을 쥐더니, 닭이 죽자 사랑을 쟁취함.

　　내성적이고 신중한 ISFP 유형의 '나'와 활발하고 관계를 주도하는 ENFJ 유형의 점순이가 정반대의 성격으로 갈등을 빚죠. 특히 점순이는 자신의 호의가 거절당하자 닭싸움이라는 극단적인 행동으로 관심을 표현할 만큼 감정 표현에 거침이 없어요. 반면 '나'는 점순이의 행동에 담긴 속마음을 눈치채지 못하다 꽃밭에 쓰러지는 순간에야 상대의 진심을 알게 돼요.

눈치 없던 열일곱의 봄
사랑을 깨닫다

구성 단계	핵심 사건	나의 성격 변화	감정·태도 변화
발단 (오늘)	점순이가 '나' 몰래 또 닭싸움을 붙임	둔감, 무뚝뚝, 자존심 강함	다시 닭싸움을 붙인 걸 알고 분노
전개1 (나흘 전)	'나'는 점순이가 주는 감자를 거절함	수동적이고 어리숙함	점순이의 행동을 오해하고 반감이 쌓임, 점순이의 괴롭힘에 화가 나고, 분하고, 억울함
전개2 (사흘 전)	점순이가 '나'가 기르는 씨암탉을 때리고, '나'를 욕하며 괴롭힘		
위기 (어제)	'나'는 수탉에게 고추장을 먹여 복수를 시도하지만 실패	문제 해결을 위한 적극성, 어리석음	분노, 약간의 희망
절정 (오늘)	죽을 뻔한 제 수탉을 잡아다 산에서 다시 닭싸움을 시키는 걸 보고 참을 수가 없어 점순이네 수탉을 때려죽임	적극적, 솔직함	분노 → 후회, 두려움 → 자책, 걱정
결말 (오늘)	'나'와 점순이가 동백꽃 속에 파묻힘	상대방 감정 수용, 감정적 성숙	설렘, 사랑에 눈뜸

김유정은 소작인의 아들 '나'와 마름 집 딸 점순이 사이의 엇갈림을 통해, 성장이란 다른 사람의 마음을 헤아릴 줄 아는 일이

란 걸 이야기해요.

신분 차이에서 비롯된 자존심과 열등감, 감정을 솔직히 표현하지 못해 생긴 갈등은 겉으론 우습지만, 그 뒤엔 1930년대 농촌 사회의 엄격하고 뚜렷한 위계가 자리하고 있어요.

작가는 1인칭 주인공 시점을 써서 주인공 '나'의 둔하고 서툰 마음을 그대로 들려줍니다. 독자는 점순이의 속마음을 먼저 알아채고, 그걸 모른 채 헤매는 주인공을 보며 웃음과 안타까움을 함께 느끼게 되죠.

입체적인 구성으로 현재에서 시작해 과거를 돌아보고 다시 현재로 돌아오는 구조로 되어 있죠. 처음엔 단순한 닭싸움처럼 보였던 일이 사실은 감자 한 알에서 비롯된 오해였고, 사건의 강도가 커지면서 나의 울화가 점점 쌓이다 터지는 장면은 해학적이기까지 해요.

강원도 사투리와 토속적인 말투, 닭싸움과 동백꽃 같은 상징은 인물의 마음뿐 아니라 그 시대의 공기까지 생생하게 살려 내요.

작가는 가난과 위계가 드리운 현실 속에서도 사람답게, 순수하게, 그리고 서로를 향해 한 발 다가가는 용기가 어떻게 피어날 수 있는지를 보여 주고 싶었던 게 아닐까요?

> **"**
>
> 농촌을 배경으로 **소작인의 아들과**
> **마름의 딸** 사이의 순수하고 투박한 사랑을
> **해학적**으로 그려 낸 이 작품은,
> **인물의 성격, 구성 방식, 상징**까지 다양한
> 부분에서 포인트가 숨어 있어요.
>
> **"**

1인칭 주인공 시점

이 작품은 단편소설이면서도 농촌소설과 성장소설로도 분류돼요. 등장인물인 '나'와 점순이는 사춘기의 감정과 갈등을 통해 조금씩 성장하죠. 이들의 이야기는 1인칭 주인공 시점으로 전개되기 때문에, 주인공 '나'의 어리숙한 말투와 감정이 독자에게 직접 전달돼요. 이 시점 덕분에 인물의 내면이 자연스럽게 드러나고, 점순이와의 대조가 더욱 뚜렷하게 느껴집니다. 시험에서는 이처럼 서술 시점과 그 효과를 묻는 문제가 자주 나와요.

역순행적 구성

이야기의 구조도 중요한 포인트예요. 현재 - 과거 - 현재 순으로 전개되는 역순행적 구성은 갈등이 어떻게 시작되었는지를 흥미롭게 밝혀 줘요. 처음부터 갈등의 절정인 닭싸움 장면을 보여 주고, 나흘 전으로 돌아가 감자 사건의 전말을 풀어 주는 방식이에요. 이런 구성은 독자의 관심을 끌고, 사건에 흥미를 느끼게 하죠. 시험에서는 구성 방식의 특징과 효과를 묻는 서술형 문제가 종종 나오니 주의 깊게 살펴봐야 해요.

등장인물의 성격

등장인물의 성격도 중요한 시험 포인트예요. '나'는 순박하고 우직한 농촌 소년으로, 감정 표현에 서툴고 눈치가 없어요. 반면 점순이는 깜찍하고 조숙하며 적극적인 성격이에요. 이들의 성격 차이와 신분 차이는 갈등의 원인이 되기도 하지만, 작품의 해학적인 분위기를 만들어 내는 핵심이기도 해요. 시험에서는 두 인물의 성격 대조나 갈등의 원인과 해결 방식을 묻는 문제가 자주 출제돼요.

작품 속 상징

작품 속 상징적 소재들도 중요해요. '감자'는 점순이가 자신의 마음을 표현한 호감의 표시이자 사건의 발단이 돼요. 그 결과 갈등이 시작되죠. '닭싸움'은 단순한 싸움이 아니라 점순이가 '나'에게 보이는 관심의 표현이에요. 또한 두 사람의 갈등이 깊어졌다 해소되는 장치예요. 마지막에 등장하는 '동백꽃'은 두 사람의 사랑과 화해를 암시해요. 특히 이 꽃은 일반적인 붉은 동백이 아니라 강원도 사투리로 불리는 '노란 생강나무꽃'으로, 두 사람의 사랑을 감각적으로 표현한 거예요. 이런 세부 정보도 객관식 문제에서 자주 출제돼요.

김유정 작품의 특징

김유정의 작품은 향토성과 해학성이 뚜렷해요. 강원도 사투리와 구어체를 자연스럽게 사용해서 실제 농촌의 말맛과 분위기를 잘 살려 냈어요. 이러한 표현 덕분에 등장인물의 감정이 더욱 생생하게 느껴지고, 독자들은 인물에 쉽게 공감할 수 있어요. 시험에서는 김유정 소설의 이런 문학사적 의의와 언어적 특징을 파악하는 문제가 자주 나옵니다.

함께 읽으면 좋은 작품
· 김유정, 《김유정 단편집》 중 〈봄봄〉, 이상숙 엮음, 지식을 만드는 지식, 2011
· 황순원, 《황순원 단편집》 중 〈소나기〉, 김종희 엮음, 지식을 만드는 지식, 2012

1 점순이와 '나'의 오해 장면을 재구성하는 대사 쓰기 활동을 해 볼 수 있어요. 각자의 입장에서 감정을 대화로 표현하면서 담화의 과정에서 필요한 태도가 무엇인지, 어떻게 담화를 진행하면 좋을지 소통의 방식을 고민할 수 있어요.

---

2 일제강점기 농촌 사회의 구조와 계층 문제를 살펴보는 활동을 할 수 있어요. 소작인의 아들과 마름의 딸이라는 인물 설정을 통해 당시 농촌의 계층 관계를 이해하고, 인물들의 말투와 생활 모습에서 1930년대 농촌 문화의 특징을 추론할 수 있어요.

---

3 닭싸움 장면을 중심으로 "감정을 제대로 표현하지 않을 때 생길 수 있는 갈등"이라는 주제로 토론을 진행할 수도 있죠. 감정 표현의 중요성과 공감의 필요성을 논의하며, 사춘기 시기에 벌어지는 갈등의 해결 방법에 대해 이야기 나누어요.

양반 매매 사건

양반전

박지원

　조선 후기를 배경으로 한 〈양반전〉은 박지원이라는 실학자가 쓴 풍자소설이에요. 박지원은 양반 가문 중 세도가였던 노론의 벌열 집안 사람이에요. 그의 사촌 형이 영조의 사위였으니 얼마나 대단한 가문의 사람이었는지 알겠죠?

　하지만 그는 세상을 이롭게 하는 공부에 관심이 더 많던 실학자였어요. 17~18세기 변화하는 세계의 흐름에 맞춰 외국에서 들여온 책들도 열심히 읽고, 사촌 형을 따라 청나라까지 가서 발전된 문물을 보고 왔어요. 그래서 '맹자 왈, 공자 왈' 하며 허례허식에만 신경 쓰는 양반들이 그를 못마땅해했죠. 전란 후에도 나라 살림이 나아지지 않던 상황에서 과거 공부에만 매달리지 않고 외국 학문을 익혀 기술을 익히고, 도로를 넓히는 등 상공업에 힘써 나라를 부강하게 만들어야 한다고 주장했어요. 그리고 그렇게 하려면 사회 지배층인 양반이 변해야 한다고 생각했죠.

　〈양반전〉이라는 제목에서 알 수 있듯, 그 당시 사회 지배층이던 '양반'을 풍자하는 소설이에요. 양반의 허영, 허세, 특권 의식, 무능함을 고발하죠. 조선 후기에는 양반 중심 사회가 붕괴하면서 양반 계층 중 세도 가문에 속하지 않은 가문들은 몰락했거든요. 이들을 벌열, 향반, 잔반이라고 하죠. 이들 대부분은 가세가 기울어 소작농이 되었어요. 한편 농민 가운데 비료를 사용하거나 이모작으로 부농이 된 서민 지주들은 '공명첩'을 사서 신분을 높였고 그 결과 조선 후기에는 양반 수가 크게 늘었어요.

조선 같은 신분제 사회에서 어떻게 이런 일이 벌어질 수 있었을까요? 이게 가능했던 이유가 있어요. 양란(임진왜란, 병자호란) 이후 정부는 재정이 바닥나 공명첩이나 납속책으로 돈이나 쌀을 바치는 이들에게 관직을 주어서 신분 상승할 기회를 주고, 그 돈으로 정부는 재정 문제를 해결하거나 군량미를 조달했어요. 이 소설은 이렇게 그 당시에 벌어진 '신분 매매'를 소재로 해요.

자, 그러면 조선 후기 몰락한 양반과 부자가 된 평민이 신분을 사고팔던 혼란스럽던 사회 속으로 들어가 볼까요?

　〈양반전〉의 주인공은 강원도 정선에 사는 한 양반이에요. 사람들은 학문에 힘쓰는 어진 양반을 칭송해요. 새롭게 부임한 군수들 역시 부임하자마자 그를 찾아가 인사할 정도로 명망이 자자했어요. 그런데 그는 너무 가난해서 해마다 관청에서 곡식을 빌리고 갚지 못한 것이 무려 천 석이나 돼요. 각 고을을 순시하던 관찰사가 이를 알고 당장 옥에 가두라 진노해요. 하지만 군수는 존경하던 양반을 옥에 가둘 수는 없었어요. 양반은 빚을 못 갚고 울기만 해요. 아내는 '한 푼어치도 안 되는 양반'이라며 남편을 욕하죠.

　그때 신분 차별이 지긋지긋했던 부유한 평민이 나타나 양반의 빚을 대신 갚고, 양반 신분을 사요. 평민은 비천해서 말도 탈 수 없었고, 양반을 보면 설설 기어가 바닥에 엎드려서 머리를 조아려야 했어요. 그런 수모와 무시를 더는 겪기 싫었죠.

　한편 군수는 양반이 환곡을 갚자 이를 의아하게 여겨서 양반 집으로 가 봐요. 그런데 그렇게 존경해 마지않던 양반께서 벙거지를 쓰고 잠방이를 입은 채 땅에 엎드려 '소인'이라며 감히 고개도 들지 못해요. 어떻게 된 일이냐고 군수가 사정을 묻죠. 그러자 양반은 더욱 두려워하며 머리를 조아리고 엎드려 양반 신분을 부자에게 팔았다고 고백해요.

이에 군수는 부자에게 사사로운 거래는 후에 소송의 빌미가 될 수 있다며 온 고을 사람을 불러 모아 증서를 만들고 사실관계를 분명하게 해 주겠다고 해요. 그렇게 고을의 사농공상을 비롯한 모든 사람을 불러들여 첫 번째 매매 증서를 작성해요. 첫 번째 증서에는 양반으로서 지켜야 할 규범과 의무가 빼곡하게 적혀 있어요. 그러자 부자는 난색을 표하죠. 천 석이나 주고 양반을 샀는데 자신한테 이익이 되는 게 하나도 없기 때문이에요. 이에 군수는 두 번째 증서를 작성해 줘요. 거기에는 양반으로서 누릴 수 있는 특권들이 적혀 있어요. 부자는 자신더러 '도둑놈이 되란 말이냐'며 양반 되기를 포기해요.

MBTI로 본
등장인물의 성격

등장 인물	MBTI 유형	성격	작품 속 대표적 모습
양반	INFP	현실감 없는 이상주의자. 조용하고 학문을 즐기나, 실질적인 생활력이나 경제 관념이 전혀 없음.	어진 인품으로 존경받지만, 천 석의 빚을 갚지 못해 울기만 하는 무능함을 보임. 신분을 팔아 문제를 회피하려는 전형적인 몰락 양반의 모습.
부자 (평민)	ESTJ	실용적인 현실주의자. 손익 계산이 빠르고 목표가 분명하며, 자신의 이익과 상식을 중시함.	신분 차별에서 벗어나려고 거액을 들여 신분을 사지만, 양반의 허례허식과 특권의 추악함을 알자 단호히 포기하고 도망침.
군수	ENTJ	치밀한 전략가. 상황 판단력이 뛰어나며, 체제 유지와 권위를 지키기 위해 교묘하게 상황을 주도함.	양반을 돕는 척하며 양반 매매 증서를 두 차례 작성함. 평민이 스스로 양반을 포기하게 유도하여 양반의 권위를 지켜 내는 위선적이고 영리한 중재자.
양반의 아내	ESFJ	현실적인 생활인. 책임감이 강하며, 명분보다는 실질적인 생존과 가족의 안위를 중요하게 생각함.	책만 읽고 빚만 지는 무능한 남편을 향해 한 푼어치도 안 된다며 억눌린 분노와 서민적 울분을 가감 없이 드러냄.

〈양반전〉에는 성리학의 대가이나 무능한 양반, 신분 상승을

하고 싶지만 상식적인 부자, 이들을 중재하는 군수, 그리고 그런 남편을 한심하게 바라보는 양반의 아내가 등장해요.

양반은 MBTI 중 INFP 유형으로 조용하고 내향적인 성격이에요. 학문을 좋아하고 어진 인품을 지녔지만 빚도 못 갚는 무능한 인물이죠. 문제를 해결하지 못하고 아이처럼 울기만 해요. 현실감 없는 이상주의자라는 말이 딱 어울리는 인물이에요. 반대로 부자 평민은 MBTI 중 ESTJ 유형으로 실용적이고 현실 중심적인 인물이에요. 원하는 게 분명하고, 손익에 민감하죠. 이익을 중요하게 여기지만 도덕을 모를 만큼 몰지각한 인물은 아니에요. 또한 솔직한 인물로 증서의 내용을 듣고는 자기더러 도둑놈이 되란 말이냐고 역정을 내며 기꺼이 양반을 포기해요.

한편 군수는 MBTI 중 ENTJ 유형으로 보여요. 겉으론 중립적인 척하지만 사실은 양반이 자신의 신분을 돌려받을 수 있도록 상황을 정교하게 만들죠. 즉 양반의 권위를 흐리지 않으려는 속내가 드러나요. 마지막으로 양반의 아내는 MBTI 중 ESFJ 유형에 가까워요. 책만 읽은 무능한 남편을 대신해 삯바느질을 하는 등 살림살이를 이끌어 갔겠죠. "양반은 한 푼어치도 안 되는구려"라는 말에는 그동안의 분노와 남편에 대한 원망이 담겨 있어요.

천석 빚에 무너진 양반 체면
양반과 조선의 민낯을 풍자하다

구성 단계	핵심 사건
발단	무능한 양반이 관아에서 빌린 '환자'를 갚지 못해 곤란한 상황에 놓임
전개	마을 부자가 양반이 빌린 '환자'를 대신 갚아 주고 양반 신분을 삼
위기	양반으로서 지켜야 할 일에 관한 내용을 담은 첫 번째 매매 증서를 읽어 줌
절정	부자의 요구에 두 번째 양반 신분 매매 증서를 작성해서 읽어 줌
결말	매매 증서에 따르면 양반은 도둑놈이라며 부자는 양반 되기를 포기함

박지원의 〈양반전〉에서 중요한 건 매매 증서를 통한 양반 비판이에요. 박지원은 허례허식에 얽매여 위엄 있는 척하나 사실 무위도식하며 백성을 괴롭히는 양반의 모습을 고발해요. 이를 통해 양반과 지배층이 가져야 할 태도를 돌아보게 하죠.

첫 번째 증서에서 볼 수 있는 양반은 규칙과 예절을 정말 중요하게 생각해요. 규칙과 예절이 타인을 배려하는 수단이나 방법이 아니라 그 자체가 목적이 되는 거예요. 밥 먹는 순서, 책 읽는 자세 같은 사소한 규칙을 지키는 데만 온 힘을 쏟느라 정작 먹고 사는 일은 뒷전이 되는 거죠. 즉, '형식이라는 감옥에 갇힌 사람'

인 셈이죠.

두 번째 증서에서 알 수 있는 양반은 정반대예요. 신분이라는 권력을 이용해 백성의 것을 빼앗고 자기 배를 불리죠. 오직 자신의 이득을 위해 남을 이용해요.

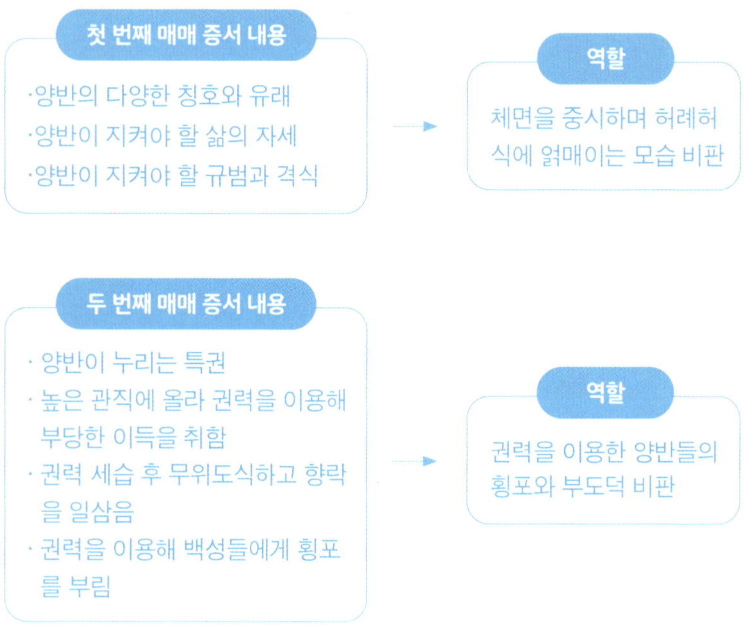

양반은 겉으로는 예법을 내세워 폼을 잡지만, 속으로는 권력을 이용해 남의 것을 챙기는 이중적인 캐릭터예요.

박지원은 왜 양반의 모습을 극단적으로 대비시킨 증서를 보여 주었을까요? 그것은 바로 양반들이 중시하는 형식주의와 도덕적 타락을 비판하고 싶어서죠.

박지원은 생산 활동은 전혀 하지 않으면서, 그저 예법과 체면이라는 껍데기만 남은 양반들을 보며 "도대체 그따위 예법이 무엇을 보장하는가?"라고 묻고 있어요. 아무런 실질적 가치도 생산하지 못하는 예법과 허례허식은 그저 낡은 껍데기에 불과하다는 거죠.

또 백성을 보호해야 할 지도층이 신분이라는 권력을 이용해 가장 효율적으로 남의 것을 뺏는 법을 연구하고 있다는 점을 꼬집어요. 이는 신분이 높을수록 더 고결한 도덕성을 갖추기는커녕, 오히려 가장 세련된 방법으로 악행을 저지르고 있다는 사실을 폭로하는 것입니다.

부자가 양반 신분을 끝내 거절한 것은 '양반'이라는 신분이 사실은 '허세와 도둑질'의 결합체에 불과하다는 것을 깨달았기 때문이죠. 박지원은 이렇게 풍자를 통해, 겉만 번지르르하고 속은 썩어 가는 당시 조선 양반 사회의 민낯을 아주 유쾌하고도 따끔하게 꼬집었어요.

> **상공업 발달**로 신분제가 흔들리던 **조선 후기**를 배경으로, **허례허식**에 가득 찬 **무능함**과 백성을 수탈하는 **부도덕함**을 동시에 지닌 **양반 계층**을 비판하는 **풍자소설**이에요.

소설의 시대적 배경

〈양반전〉은 고전소설이기에 당시의 시대적 배경과 연결한 시험 문제가 종종 출제돼요. 이 당시는 조선 후기로, 상공업이 발달해 평민의 지위가 향상되고 신분 매매가 이뤄지던 시대죠. 따라서 부자의 등장과 관련한 시대적 배경을 묻는 문제가 나와요. 또한 벌열 가문, 즉 세도 가문에 끼지 못한 양반들은 몰락해 지방으로 내려가 소작농이 되는 등 신분제의 변동이 일어나던 시대였어요. 따라서 부자인 평민과 몰락한 양반을 대조하며 그 당시 시대적 배경을 묻는 문제도 출제돼요.

풍자소설의 특징

이 소설은 풍자소설이기 때문에 풍자의 개념이 무엇인지 어디에서 풍자가 드러나는지 묻는 문제가 출제됩니다. 풍자란, 풍자하고 싶은 개인이나 사회 부조리 등을 간접적으로 비판해 웃음을 유발하는 표현 방법이에요. 비판하고 싶은 대상을 비꼬거나 조롱해서 우스꽝스럽게 만들죠. 여기서는 '양반'을 우스꽝스럽게 만들어 비판해요. 이를 통해 독자로 하여금 통쾌함과 재미를 느끼게 하고 비판 의식을 갖게 하죠. 이렇듯 풍자의 기능을 알아 두고, 외부 제시문이 나오면 어떤 대상을 풍자했는지를 찾아서 문제를 풀면 돼요.

매매 증서의 의미

풍자의 개념과 관련한 문제나 소설 속 증서에서 무엇을 풍자했는지 묻는 문제가 출제돼요. 첫 번째 증서는 양반이 지켜야 할 규범과 예의범절이 담겨 있어요. 허례허식에 가득 차 겉모습만 중시하고 실속은 없는 모습을 담죠. 부자는 이 증서를 보고 실질적인 이익이 없다며 증서를 고쳐 달라고 해요. 그러자 군수는 두 번째 증서에서 양반이 누릴 수 있는 이익을 적어 주죠. 이 증서 속 양반은 경제적이고 생산적인 활동은 하지 않으면서 양반이라는 특권으로 무위도식하고 백성에게 횡포를 저지르는 극악무도한 존재예요. 부자는 장차 나더러 도적놈이 되라는 거냐며 양반 되기를 포기해요. 시험에서는 두 증서의 차이점, 그리고 그 속에 담긴 풍자의 내용을 자주 물어요.

풍자를 담은 어휘

아내가 한 "양반은 한 푼어치도 안 되는구려"나, 부자가 말한 "장차 나를 도둑놈으로 만들 셈입니까?"가 시험에 자주 출제돼요. 아내의 말은 양반의 무능함을, 부자의 말은 양반의 부도덕함과 횡포를 비판하는 말이고요. 이를 바탕으로 외부 제시문이 자주 출제돼요. 사설시조 〈두터비 파리를 물고〉처럼 탐관오리를 풍자하는 작품들과 연관해서 문제가 출제됩니다.

함께 읽으면 좋은 작품
· 미겔 데 세르반테스, 《돈키호테》, 나송주 옮김, 비룡소, 2010
· 박지원, 《박지원 소설집》 중 〈호질〉, 이기원·허경진 옮김, 서해문집, 2022

1 <양반전> 속 부자는 돈으로 신분을 사려 했지만, 과연 양반 신분을 샀다면 '진짜 양반'이 될 수 있었을지 토의해 봐요. 이를 오늘날의 학벌, 스펙, 외모 경쟁과 연관지어 토의하다 보면 삶에서 중요한 가치가 무엇인지 깊게 생각해 볼 수 있어요.

2 <양반전>에서 양반을 풍자한 것처럼 오늘날 자신이 풍자하고 싶은 대상을 정해서 풍자하는 시를 쓰거나, 그림, 혹은 만화를 그려 보고 서로 돌려보며 이야기를 나눠요.

3 <양반전> 속 군수, 양반, 부자 중 누구의 입장이 가장 바람직한지 고민하고 신문 기사를 써 보는 거예요. 각자의 입장에 따라 같은 사건의 내용이 어떻게 달라지는지를 이해할 수 있어요. 또한 입장에 따라 친구들의 가치관을 비교해서 이해할 수 있어서 생각의 폭이 넓어지고 이해가 깊어져요.

진짜 어리석은
사람은 누구일까요?

치숙

채만식

우리 주변에는 늘 '현명한 사람'처럼 보이지만, 실제로는 헛된 것을 좇는 사람들이 있습니다. 채만식의 소설 〈치숙〉은 그런 사람들의 모습을 아주 날카롭고 재치 있게 그려 낸 풍자소설이에요. 풍자란 비판하는 대상을 우스꽝스럽게 만들어 독자들에게 통쾌함을 선사하는 문학 기법이에요. 〈치숙〉은 일제강점기에 쓰인 소설로 '무엇이 어리석고 무엇이 올바른가'를 고민하게 하죠.

작가 채만식은 현실을 비틀어 진실을 드러내는 데 뛰어난 감각을 가진 작가예요. 〈치숙〉은 우민화 정책으로 일본 정책을 그대로 따르며 일본에 부역하던 어리석은 민중을 비판하는 소설입니다. 즉 일본의 우민화 정책을 비판하는 소설이에요.

그래서 일본 정책에 적극적으로 부역하며 일본 문화를 우러러보고 일본인이 되고 싶어 하는 일본 상점 점원이 소설의 주인공입니다. '나'의 꿈은 내지(일본) 여자와 결혼하고 일본 말만 하고 자식도 일본 학교에 보내는 게 꿈입니다. 과연 '나'는 그 꿈을 이룰 수 있을까요? 소설이 발표된 건 1938년이었고 이후 일본이 일으킨 2차 세계대전이 확대되었으니 실제 '나'라는 인물이 그 당시를 살았다면 결혼하기보다 군인이나 노동자로 전쟁터에 끌려가지 않았을까요?

우민화 정책의 민낯을 보여 주는 주인공(나)이 일본 유학까지 다녀왔지만 사회악처럼 살고 있는 아저씨를 욕하는 모습이 안타깝기도 해요. 유학까지 다녀왔으면 훌륭한 일본인이 되어야 하는데, 불한당 같은 사회주의에 물들어 갈등을 일으키고, 고문을 받아 몸이 상해 아주머니에게 짐이 되는 존재. 고문 후유증으로 집에 누워만 있는 아저씨를 욕하는 주인공 '나'를 보며, 어떤 가치를 소중하게 여기며 살아야 할지 고민해 보도록 해요.

진짜 어리석은 사람은 누구일까?

채만식의 〈치숙〉은 일본인 상점의 점원으로 일하며 일본인으로 귀화해 성공하기를 꿈꾸는 '나'를 주인공으로 한 1인칭 소설이

에요. '나'는 자신을 거두어 준 아주머니의 남편이자 사회주의 운동으로 감옥살이를 하다 병을 얻어 누워 있는 '아저씨'를 경제적 능력이 없는 무능하고 어리석은 존재로 여기며 멸시해요. 정체성보다 돈과 성공을 중요하게 생각하는 '나'는 일제의 내선일체 사상에 완벽히 동화된 인물로 그려지죠.

병든 아저씨를 부양하느라 고생하는 아주머니가 안쓰러워 집에 들른 '나'는 아저씨에게 잔소리를 쏟아붓지만, 아저씨는 자신의 신념을 꺾지 않아요. '나'의 논리적인 비난에도 허허 웃으며 반박할 뿐이에요. 이 과정에서 '나'는 아저씨를 쓸모없는 사람이라 확신하지만, 독자는 오히려 '나'의 천박한 가치관을 알게 되죠.

이 소설의 제목인 '치숙(어리석은 아저씨)'은 '나'의 시선에서 본 표현이지만, 작가는 반어적인 기법을 통해 진짜 어리석은 사람이 누구인지 독자에게 묻고 있습니다. 이를 통해 일제강점기라는 비극적 현실 속에서 지식인의 고뇌와 민족적 정체성을 상실한 세태, 그리고 일본의 우민화 정책을 비판합니다.

등장 인물	MBTI 유형	성격	작품 속 대표적 모습
나	ESTJ	철저한 현실주의자이자 기회주의자. 사회적 규율과 이익을 중시하며, 강자(일본)에게 동화되는 것이 성공의 길이라 믿음.	일본인 상점 점원으로 성실히 일하며 '내지(일본) 여자와 결혼해 아이를 일본인으로 키우겠다'는 꿈을 가짐. 아저씨를 경제적 가치가 없는 무능한 존재로 보며 사대주의적 태도를 보임.
아저씨 (고모부)	INFP	신념을 지키는 이상주의자. 육체적으로는 병들고 무기력해 보이지만, 내면에는 지식인으로서의 양심과 사회주의적 가치가 확고함.	사회주의 운동으로 옥고를 치른 후 폐병을 앓으면서도 '생활에 아첨하는 것만큼 더러운 것도 없다'며 절개를 지킴. 조카의 속물적인 비난에도 굴하지 않고 논리적으로 대함.
아주머니 (고모)	ISFJ	헌신적이고 이타적인 보호자. 타인의 고통을 외면하지 못하며, 전통적인 인내와 책임감으로 가족을 지탱함.	남편의 외도와 투옥, 병치레를 묵묵히 감내하며 홀로 집안 살림을 책임짐. 주인공 '나'를 교육해 주고, 일본인과 재혼을 권유받아도 흔들리지 않은 채 남편 곁을 지키는 숭고한 희생을 보여 줌.

주인공 '나'는 MBTI 유형 중 ESTJ 유형으로 전통과 규율을 중시하면서도 현실적인 목표를 향해 체계적으로 나아가죠. 현실을 빠르게 파악하고 그 안에서 효율적으로 움직이려는 성향이 강한 인물이죠. 일본 우민화 정책에 적응하며 일제에 충성을 다하죠.

반면, 아저씨는 INFP 유형으로 자신의 신념을 지켜요. 고문을 받아 폐병으로 기운도 없고, 무기력해 보여도 조선을 위한 꿈과 신념이 여전히 남아 있어요. 아픈 몸으로 잡지사나 신문사에 기사를 기고해요.

아주머니는 소설에 등장하지 않지만 MBTI 중 ISFJ로 보여요. 책임감이 강하고 헌신적인 성격으로, 가족과 공동체를 위해 조용히 자기 몫을 감당해요. 먼 친척 조카인 '나'를 소학교에 보내죠. 결혼 후 신어성과 딴살림을 차린 남편이었지만 감옥에 갇혔다는 말에 기꺼이 남편의 옥살이를 뒷바라지하고 홀로 병간호를 하며 살림을 감당해요.

구성 단계	핵심 사건
발단	사회주의 운동을 하다 감옥에서 나온 뒤 고문 후유증으로 폐병에 걸려 앓아누운 오촌 고모부(아저씨) 소개
전개	오촌 고모부를 보살피느라 고생한 오촌 고모(아주머니)의 사연, 그리고 '나'의 성장 과정과 일본 상점에서 일하며 일제에 순응하는 '나' 서술
위기	일제의 정책에 철저하게 순응하며 내지인(일본인)처럼 되어 성공하고 싶은 '나'의 포부와 가치관을 소개하고, 아저씨가 떠받드는 사회주의를 비도덕적인 불한당이라고 비난
절정	'나'는 아저씨의 행동을 직접적으로 비판, 아저씨와 '나'의 대립
결말	아저씨의 반박과 침묵에 '나'는 아저씨를 '치숙'이라고 조롱하고 비난하며 반어적으로 끝남

〈치숙〉은 대비되는 두 인물을 통해 어떻게 살아야 할지를 고민하게 합니다. 작가는 중심인물인 '나'를 전면에 내세워, 그의 친일적이고 물질주의적인 삶을 마치 성공적인 듯 묘사하지만, 독자들은 점점 그가 얼마나 어리석고 우스운 인물인지 알게 되죠. 반면 '나'의 설명만 들으면 병들고 무력해진 아저씨는 사회악이자 범죄자이지만, 끝까지 자신의 신념과 민족의식을 지키려 하는 홀

룽한 인물이죠. 작가는 이처럼 인물 간의 대조와 갈등을 통해, 현실에 순응하면서 본질을 잃어버린 삶보다 고통 속에서도 자신의 가치를 지키는 삶이 더 의미 있다는 메시지를 전합니다.

이야기는 '나'의 시점으로 진행되는데, 이 서술 방식은 독자가 인물의 말을 그대로 믿기보다 그 안에 숨겨진 모순과 편견을 스스로 파악하게 만들어요. 특히 풍자와 아이러니를 활용한 표현은 아저씨를 비난하는 듯하면서도 실은 '나'의 속물성과 무지를 드러내는 효과를 줍니다.

또한 판소리 사설과 같은 독백체와 대화체로 풍자의 성격을 높여요. 구성적으로 이 소설은 크게 독백체와 대화체로 나뉘어 이해할 수 있어요. 소설의 앞부분은 독백체로 아저씨와 아주머니, 서술자 '나'를 소개하고, 주인공(나)이 궁극적으로 지향하는 가치관을 드러내요. 그리고 자신이 아저씨와 다투었다는 뒷부분은 대화체로 전개해요. 여기서 독자는 그의 논리가 얼마나 천박하고 말이 안 되는지 알게 돼요. 특히 일상적인 비속어를 섞어 말하는 '나'를 통해 '나'의 무식함과 천박함도 드러납니다.

> <치숙>은 풍자와 반어가
> 살아 있는 대표적인 단편이에요.
> 시험에서는 줄거리보다 인물의
> 말투와 가치관, 아저씨의 성격이
> 대조되어 출제돼요.

소설 속 풍자

이 소설의 가장 큰 특징은 '풍자'입니다. 일제강점기의 사회적 모순, 물질만능주의로 가치가 전도된 현실의 부정적 문제를 풍자해요. 또한 현실을 바라보는 주체, 즉 나의 태도를 비판해요. 서술자인 주인공(나)이 지향하는 삶은 이루기도 어렵지만, 그런 삶을 부추기는 사회를 비판해요. 마지막으로 이 비판을 웃기게 희화화하거나, '나' 스스로가 떠벌리게 해 우회적으로 비판합니다. 즉 이중 풍자라고 볼 수 있어요. 아저씨를 풍자하는데, 사실은 자신을 풍자하게 되는 거죠.

바람직한 가치관에 대한 역설적 제시

이 소설은 관찰자(나)와 대상(치숙)의 관계를 비틀어요. 표면적으로 똑똑한 주인공(나)이 어리석은 '치숙'을 가르치고 비판하지만, 이면적으로 일본의 정책을 순진하게 믿고 성공하려는 '나'의 반민족적 가치관에 거부감을 갖게 됩니다.

	서술자 '나'의 가치관(부정적)	아저씨의 가치관(긍정적/비극적)
삶의 목표	개인의 안위, 가게 주인으로 경제적 성공	민족의 현실 고민, 사회적 이상 실현
현실 대응	일제강점기 체제에 순응하고 영합함	고난을 겪더라도 자신의 신념 지킴
작가 의도	희화화해 비판 대상으로 삼음	비참한 처지지만 연민과 가치 부여

반어적인 제목

소설의 제목인 '치숙'의 뜻부터 잘 알아 둬야 해요. 어리석을 치(痴)에 아저씨 숙(叔)이 합쳐진 말로 '어리석은 아저씨'라는 뜻이에요. 서술자인 '나'의 시선에서 아저씨는 몰염치하고 어리석고 나쁜 사람이지만 작품을 읽으면서 독자는 오히려 주인공(나)이 어리석다는 걸 알게 되죠.

신뢰할 수 없는 서술자

이 소설은 1인칭 관찰자 시점이지만 이 작품에서는 그 서술자인 주인공(나)이 부정적인 인물로 표현됩니다. 자신의 무지와 부도덕함을 스스로 폭로함으로써 풍자의 대상이 되죠. 신뢰할 수 없는 서술자로 풍자의 효과를 높이고 '나'의 반민족적인 행동과 말에 씁쓸함을 느끼게 하죠.

표현 기법

판소리 사설체를 닮은 대화체 문장을 사용해서 해학미 넘치는 어조로 인물을 풍자해요. 장황하게 설화체로 길게 설명을 하거나 비속어를 사용해 사실감이 넘치죠. '나'는 독백체로 자신의 속마음을 이야기하고, 독자에게 아저씨나 아주머니를 소개할 때는 경어체를 사용해 독자와의 거리를 가깝게 유지해요. 이는 '나'의 사고방식을 드러내는 장치예요.

함께 읽으면 좋은 작품
· 염상섭, 《삼대》, 창비, 2007
· 채만식, 《태평천하》, C&A에듀, 2013

활동

1 〈치숙〉의 인물 중 하나를 골라 "그 인물에게 편지를 쓴다면 어떤 말을 해 주고 싶을까?" 고민해 보세요. 편지 속에 나의 감정, 비판, 위로, 질문을 담아 보는 활동입니다.

2 "내가 만약 일제강점기를 살아가는 지식인이라면 어떤 선택을 했을까?"를 주제로 짧은 토론을 열어 보세요. 친구들과 생각이 달라도 괜찮아요. 서로의 입장을 듣고 비교하며 오늘날 가치 판단의 기준에 대해 생각해 보는 기회가 될 거예요.

3 〈치숙〉 속 상황을 바탕으로 지금 우리 학교나 사회에서 벌어지는 문제 중 하나를 골라, 풍자 뉴스 기사나 광고, 만화로 표현해 보세요. 유머와 비판을 섞는 글쓰기를 통해 표현력과 비판적 사고력을 함께 키울 수 있습니다.

4장

환경이 내 의지를 가로막아요

죽음을 뛰어넘는 사랑

이생규장전

김시습

<이생규장전>은 15세기 천재 문장가 김시습이 쓴 우리나라 최초의 한문 소설집 《금오신화》의 대표작이에요. 세종대왕의 총애를 받던 김시습은 수양대군이 '계유정난'을 일으키고 단종을 몰아내자 세상을 등지고 유랑 길에 올랐어요. 전국을 떠돌며 유교, 불교, 도교 색채가 담긴 소설 《금오신화》를 쓰죠. 여러 소설이 있었겠지만 현재는 <만복사저포기>, <이생규장전>, <취유부벽정기>, <용궁부연록>, <남염부주지> 다섯 편만 전해져요. 김시습은 단순한 허구를 넘어, 정의를 바로 세우지 못한 무력한 지식인의 고독과 좌절을 환상적인 이야기로 풀어내요.

소설 속 남녀의 애틋한 사랑 이면에는 지키지 못한 임금(단종)을 향한 그리움인 '연군가'적 성격이 깊게 투영되어 있어요. 주인공이 귀신이 된 아내와 나누는 기이한 사랑은, 현실에서는 이룰 수 없는 임금을 향한 변치 않는 충성과 저항 의지를 상징하죠. 즉, 기이한 존재들과의 만남은 작가 김시습이 현실의 슬픔을 견

디기 위해 선택한 문학적 장치예요. 이렇게 현실에서 일어나기 힘든 기이한 일을 다룬 소설을 '전기(傳奇) 소설'이라고 해요.

그중 〈이생규장전〉의 '규장(窺牆)'은 '담장을 엿보다'라는 뜻으로, 담장을 넘어 시작된 이생과 최 규수와의 인연은 부모의 반대와 전쟁, 그리고 삶과 죽음의 경계까지 넘나들며 전개되죠. 비록 3년 뒤 다시 이별을 맞이하고 이생 또한 그리움 속에 생을 마감하지만, 이들의 사랑은 시대를 초월해 애절하고 숭고하답니다.

조선 시대 최초의 판타지 로맨스, 이생과 최랑의 담장을 넘은 사랑

〈이생규장전〉은 고려 말 고려의 수도 개성, 송도를 배경으로 하고 있어요. 소설의 시작은 이생이 최 씨네 담장 너머 최랑을 보고 반하면서 시작해요. 담장 너머로 시를 주고받으며 둘의 사랑은 깊어지죠. 하지만 이를 알게 된 이생의 아버지는 공부를 해야 할 나이에 엉뚱한 연애나 한다며 아들을 울주로 보내요. 이게 두 사람 사이 첫 번째 이별이에요. 봉건적인 사회제도 때문에 둘은 헤어지게 돼요.

　이생이 떠나고 상사병이 난 최랑은 부모를 설득해 마침내 혼인을 하죠. 두 사람은 잠시나마 행복한 시간을 보내지만, 곧 나라 전체를 뒤흔든 홍건적의 난이 벌어지죠. 이생은 피신했지만, 최랑은 목숨을 잃어요. 이로써 두 번째 이별이 찾아옵니다.

　그런데 놀라운 일이 벌어져요. 죽은 줄 알았던 최랑이 이생 앞에 다시 나타난 거예요. 두 사람은 3년 동안 함께 시를 짓고 삶을 나누며 잃었던 행복을 되찾습니다. 하지만 최랑은 돌아갈 때가 되었다며 자신의 운명을 받아들이죠. 이생은 사랑을 지키지 못했다는 슬픔과 그리움을 안고 병들어 세상을 떠나요.

MBTI로 본
등장인물의 성격

등장 인물	MBTI 유형	성격	작품 속 대표적 모습
이생	INTP	풍부한 감수성을 가졌지만, 유교적 규범과 아버지의 뜻을 거스르지 못하는 조심스럽고 사색적이고 수동적인 선비.	담장 너머 최랑을 발견하고는 넋을 잃고 바라보다 자신의 마음을 시로 적어 조심스럽게 담 안으로 던짐. 아버지의 엄한 꾸지람 앞에 한마디 변명도 못 하고 고개를 숙인 채 봇짐을 싸서 울주로 떠남. 전쟁 후 폐허가 된 집터에서 부모의 유골을 거두며 홀로 어깨를 들먹이며 우는 처연한 모습. 아내가 떠난 후, 세상 인연을 끊고 등불 아래서 홀로 야위어 감.
최랑	ENFP	주도적이고 열정적인 활동가. 자신의 감정에 솔직하며, 사랑을 위해 관습은 물론 삶과 죽음의 경계마저 뛰어넘는 용기를 지님.	담장 밖의 이생을 발견하고 당황하기보다, 붉은 비단에 시를 써서 담 밖으로 던지며 인연을 먼저 이끄는 대담함. 이별 후 곡기를 끊고 앓으면서도, 부모 앞에서 무릎을 꿇고 눈물로 혼인을 설득하는 강단이 있음. 홍건적의 위협 앞에서도 굴하지 않고 정절을 위해 몸을 던짐. 죽은 지 수년 만에 환신하여 나타나, 변치 않는 미소로 이생의 손을 먼저 잡는 신비로운 모습.

먼저 이생은 MBTI의 유형 중 INTP예요. 담장 너머 여인에게

마음을 뺏기고 시 한 줄에 마음을 빼앗기고도, 주도적으로 무언

가를 결정하지 않아요. 아버지가 반대하자 자신의 뜻을 말하지 못하고 아버지의 명대로 울주로 떠나요. 이렇듯 이생은 자신의 감정보다는 도리를 따지는 순응적이고 내향적인 조선 시대 선비의 전형이죠.

반면 최랑은 자신의 감정을 숨기지 않고 적극적이에요. MBTI 중 ENFP 유형에 가깝죠. 사회적 관습보다 자신의 사랑을 지키고 싶어서 인생의 중요한 순간마다 놀라운 용기를 발휘해요. 이생이 떠나자 상사병에 걸려 죽음의 문턱까지 이르러 결국 부모를 설득해 혼인을 성사시키는 주체적 인물이에요. 심지어 죽음 이후에도 사랑을 완성하려고 환신(허깨비처럼 허망하고 덧없는 몸)으로 돌아올 만큼 행동력마저 강력해요.

이처럼 수동적인 이생(INTP)과 능동적인 최랑(ENFP)의 만남은 소설의 극적 긴장감을 높이는 핵심 동력이에요. 유교적 질서 안에서 이생이 고민하고 어쩔 줄 몰라 할 때 최랑은 담장을 넘고 죽음의 장벽을 넘으며 사랑을 만들어 가죠. 두 사람의 성격 차는 단순한 성격의 대비를 넘어 당시 봉건적인 사회제도가 주는 압박에 대응하는 서로 다른 인간상(지식인의 무력함 대 인간 본연의 자유의지)을 극명하게 대조해서 보여 준답니다.

죽음도 갈라놓지 못한 사랑

구성 단계		핵심 사건		성격 변화	감정·태도 변화
현실적	발단	이생, 담장 너머 최랑을 보고 사랑에 빠짐	이생	내향적이고 조심스러움, 감정 표현에 소극적	호기심 → 설렘
			최랑	감정에 솔직하고 적극적	호감 → 확신
	전개	이생은 아버지의 반대로 시골로 내려갔지만, 최랑이 부모를 설득해 혼인 성공	이생	부모 뜻에 순응, 사랑보다 체면·규범 중시	갈등 → 후회
			최랑	상사병에 걸릴 만큼 고통을 겪지만 사랑 성취	고통 → 사랑을 이루려는 의지
	위기	홍건적 침입으로 최랑 죽음	이생	위기 시 도망	공포 → 자책
			최랑	위기 속 가족을 지키다 죽음	용감 → 죽음
비현실적	절정	이생은 환생한 최랑과 행복하게 지냄	이생	행복	슬픔 → 기쁨
			최랑	죽음을 뛰어넘어 사랑 성취	간절함 → 사랑 완성
	결말	최랑이 저승으로 떠나며 이별함	이생	이별을 받아들이지 못하고 죽음	비탄 → 죽음
			최랑	이별에 순응하며 떠남	만족 → 떠남

　〈이생규장전〉은 전기소설이자 한문소설이에요. 작가가 의도를 가지고 쓴 기록문학이란 뜻이에요. 비극으로 세상과 저항하고 대결하려던 김시습의 의지가 담겨 있죠. 이 소설에서 홍건적의 난은 계유정난의 비극으로 치환돼요. 또 비겁해 보이기만 하는 이생의 모습은 무능한 신하로서 자신의 모습을 투영한 것으로 볼 수 있어요.

　단종을 섬기려 했지만, 수양대군(세조)이 어린 조카 단종의 왕위를 빼앗고 죽이는 참혹한 사건(계유정난)이 벌어지잖아요. 부당하게 권력을 빼앗긴 시대의 아픔, 그리고 정의를 지키지 못한 지식인으로서의 깊은 좌절감이 바로 이 소설 속에 고스란히 투영되었어요. 귀신이 되어서라도 사랑을 지키려 했던 최랑의 굳은 모습은 돌아가신 단종을 향한 김시습의 변치 않는 지조와 충절을 뜻합니다. 하지만 결국 최랑이 저승으로 떠나 버리고 이생 역시 죽음을 맞이하는 결말은 현실의 비극을 끝내 돌이킬 수 없었던 작가의 짙은 무력감과 절망을 의미합니다. 이 슬프고도 아름다운 판타지 속에 감춰진 작가의 피눈물 나는 심정을 헤아리며 작품의 결말을 다시 한번 음미해 보아요.

"

<이생규장전>은 죽음마저 뛰어넘는
사랑, 소설 속에 반영된 사상,
김시습의 삶과 그 당시의 시대적 상황까지
다양하게 출제돼요. 아래와 같은
흐름으로 핵심 내용을 정리하세요.

"

소설의 사상적 배경

이 소설의 사상적 배경이 어떻게 문학적으로 표현됐는지 자주 출제돼요. 최랑은 자신의 정절을 지키며 죽고, 죽어서도 이생을 찾아 돌아와요. 이는 정절을 중시하는 유교적 가치 때문이에요. 또한 귀신이 된 최랑이 사람의 몸으로 다시 돌아오는 건 '환신'이라고 하는데 이는 불교적 세계관을 바탕으로 한 거예요. 마지막으로 죽은 후 옥황상제를 만나거나 하는 건 도교적 상상력이 반영된 거죠. 이처럼 이 작품에는 유교·불교·도교 사상이 함께 들어 있어요.

작품의 갈래와 성격

작품의 갈래와 성격을 기억하세요. 〈이생규장전〉은 전기(傳奇)소설이에요. 여기서 '전기'란, 실제로는 일어날 수 없는 특별한 사건이나 인물의 이야기를 다룬 소설을 뜻해요. 이 작품에서는 죽은 최랑이 혼령으로 나타나 이생과 다시 사랑을 이어 가는 장면이 전기소설의 특징을 잘 보여 주죠. 이처럼 죽은 자와 사랑하는 소설을 '시애 소설' 혹은 '명혼 소설'이라고 해요. 또 남녀 간의 사랑을 중심으로 펼쳐지는 이 작품은 '염정(艶情)소설'이라고도 하죠. 시험은 '이 작품의 종류로 알맞지 않은 것은?'으로 출제되겠죠?

소설의 구조

이 소설은 만남 - 이별의 구조로 진행돼요. 이생과 최랑은 세 번 만나지만 세 번 다 이별해요. 처음에는 이생이 담장 너머 최랑의 모습을 보고 반해서 비밀스러운 연애가 시작돼요. 그 사랑은 이생 아버지의 반대로 이별을 맞아요. 그다음 최랑의 노력으로 둘은 혼인에 성공하지만 홍건적의 난으로 최랑이 죽으면서 이별하죠. 마지막으로는 최랑이 환신해 함께 살게 되지만 죽은 자와 산 자는 함께할 수 없는 운명이기에 이별하죠. 이런 구조는 작품 전체의 주제를 부각시켜서 두 사람의 사랑을 더욱 애절하게 만들어 주는 장치예요.

소설 속 표현 기법

표현 기법 중에서도 중요하게 기억해야 할 건 한시(詩)를 삽입해 등장 인물의 심리를 효과적으로 전달하고 있다는 점이에요. 인물의 감정을 시로 표현해 독자의 몰입을 유도하고, 서술자는 전지적 시점을 유지하면서도 감정 개입 없이 인물의 심리를 설명할 수 있죠. 따라서 한시의 주제나 비유가 무엇을 뜻하는지가 출제돼요.

담장의 의미

담장이 의미하는 바를 묻는 문제도 종종 출제됩니다. '담장(규장)'은 단순한 장소가 아니라, 운명이라는 현실적 장벽을 상징해요. 이런 담장을 뛰어넘어 진취적으로 사랑을 쟁취하는 인물은 최랑이죠. 최랑은 적극적이고 진취적인 애정관을 지녔어요. 봉건적인 사회에서 이는 파격적인 행동이 아닐 수 없어요.

함께 읽으면 좋은 작품

· 김시습, 《금오신화》, 주진택 옮김, 나라말, 2012
· 작자 미상, 《운영전》, 조현설 지음, 휴머니스트, 2013

1 자신이 하고 싶은 게 있는지 생각해 그 마음을 막고 있는 '담장'을 떠올려 보세요. 그 담장을 넘기 위해 여러분에게는 무엇이 필요할까요? 이생과 최랑은 한시로 담장을 뛰어넘었죠? 여러분의 벽을 뛰어넘을 수 있는 자기만의 방법을 고민해 보세요.

---

2 작품 속 이생과 최랑은 시로 마음을 주고받았어요. 여러분도 자신의 마음을 전하고 싶은 상대가 있나요? 그 상대에게 시 한 편을 써 보세요. 표현하지 못한 마음을 담아 소설 속 담장처럼 상대의 눈에 띄는 곳에 놓고 기다려 보세요. 시로 소통하는 방법을 배울 수 있어요.

---

3 '죽은 자가 돌아와 사랑을 이어 간다'는 설정은 영화나 웹툰에서도 종종 나오는 이야기예요. 다른 작품 속 기이한 존재와 사랑을 나누는 이야기와 비교해 보고, 지금 감성에 맞게 <이생규장전>을 각색해 보세요.

슬픈 가장의 하루

운수 좋은 날

현진건

우리 문학사에서 가장 슬픈 반어적인 제목을 꼽으라면 단연 현진건 작가의 〈운수 좋은 날〉을 들 수 있어요. 이 소설을 쓴 현진건 작가는 1920년대 비참한 하층민의 현실을 있는 그대로 그려 낸 사실주의 문학의 거장이에요. 작가는 화려하고 예쁜 말로 꾸며 내기보다 당시 가난한 하층민들이 겪어야 했던 배고픔과 고단한 삶의 현장을 날카롭고 정직하게 기록하는 데 힘을 쏟았답니다.

소설의 배경이 되는 1924년은 일제강점기로 우리 민족이 일제의 경제적 수탈 때문에 극심한 가난에 시달리던 시기였어요. 특히 시골에서 농사를 짓지 못하고 도시로 흘러들어 온 사람들은 토막집이나 행랑방을 전전하며 하루 벌어 하루 먹고사는 위태로운 삶을 이어 갔죠. 주인공 김 첨지는 바로 그런 시대의 아픔을 온몸으로 견뎌 내던 도시 하층민의 전형적인 모습이랍니다.

특히 주인공의 직업인 인력거꾼은 오늘날의 택시 기사님과 비숫하지만 오직 사람의 두 다리와 숨 가쁜 노동으로 손님을 실어 나르는 아주 고된 일이었어요. 하지만 1920년대 서울에 근대적인 교통수단인 전차가 등장하면서 인력거꾼들의 삶은 급격히 무너져 내리기 시작했죠.

빠르고 값싸며 세련된 전차에 손님을 다 뺏겨 버린 인력거꾼들은 며칠 동안 한 푼도 벌지 못하는 일이 허다했고 김 첨지 역시 그런 비참한 경쟁 속에서 밀려난 처지였어요. 기계의 속도에 밀려난 인간의 노동이 얼마나 무기력한지 그리고 그런 경제적 위기가 한 가정을 어떻게 파괴하는지를 작가는 인력거라는 소재를 통해 생생하게 보여 준답니다.

소설은 근 열흘 동안 돈 구경도 못 했던 김 첨지에게 믿기지 않을 만큼 행운이 쏟아지는 기적 같은 하루를 조명해요. 동소문에서 전찻길(동대문)까지, 전찻길 정류장에서 동광학교까지, 동광학교에서 남대문 정거장까지, 그리고 남대문 정거장에서 인사동까지 총 2원 90전이나 벌었어요. 진짜 오랜만에 주머니가 두둑해졌지만 김 첨지는 불안해요.

돈을 벌면 벌수록 가슴 한구석이 서늘해졌던 그 기묘한 하루를 따라가 봐요.

백 년 전 김 첨지의
운수 좋은 날

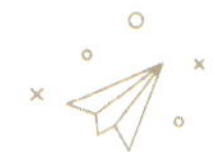

　인력거꾼 김 첨지의 하루는 동소문 집에서 시작됩니다. 열흘 동안 돈을 못 벌고 공치던 중 운 좋게도 앞집 마마님을 전찻길까지 모셔다 드리며 첫 수입을 올리죠. 이어 전찻길에서 만난 손님을 동광학교까지 태워다 주며 아내가 그토록 먹고 싶어 하던 설렁탕을 사 줄 수 있다는 희망에 부풀어 오르죠.

　사실 김 첨지의 아내는 지금 많이 아파요. 아픈 지 한 달이 지났지만 조밥도 못 먹는 형편이죠. 돈이 없어 약 한 첩 쓰지도 못하고 당연히 의사에게 보이지도 못했어요. 그런 아내의 병이 심해진 건 열흘 전 일이에요. 그때도 어쩌다 오랜만에 번 돈으로 아내를 위해 좁쌀 한 되와 나무 한 단을 사 오죠. 배가 고팠던 아내는 냉골에서 익지도 않은 조밥을 허겁지겁 먹다 죽을 뻔해요. 새하얀 흰자위가 드러나며 경련하는 걸 뺨을 때리며 간신히 살려 놨어요. 그런 아내가 사흘 전부터 설렁탕이 먹고 싶다고 칭얼댔죠.

　그런데 남대문 정거장까지 태워 달라는 손님이 생긴 거예요.

고민하던 김 첨지는 손님을 태우고 가지만 집에 가까워질수록 아들 개똥이의 곡성이 들리는 것 같아서 걸음은 점차 느려지죠. 손님의 재촉에 다시금 발걸음을 빨리하고 돌아오는 길에 인사동까지 손님을 태워다 주며 근래 보기 힘든 큰돈을 벌어요.

김 첨지는 행운이 커질수록 불안했어요. 무서운 불행이 집에서 기다리고 있을 것만 같죠. 그래서 집에 들어가기가 무서웠는데 마침 선술집 앞에서 친구 치삼이를 만나 술잔을 기울입니다. 술기운에 돈을 집어 던지며 "육시를 할 돈"이라며 욕했다가, 아내가 죽었다고 울면서 실성한 모습을 보이다가 결국 그토록 아내가 원하던 설렁탕을 사 들고 행랑방 문턱을 넘습니다.

하지만 김 첨지가 마주한 건 이미 숨을 거둔 아내였죠. 사랑하던 아내를 안고 우는 그의 모습에서 성실하게 일해도 지키고 싶은 가족을 지키지 못하는 일제강점기 가난한 가장의 비극을 볼 수 있어요.

MBTI로 본
등장인물들의 성격

등장 인물	MBTI 유형	성격	작품 속 대표적 모습
김 첨지	ISFP	거칠고 우악스럽지만 속은 따뜻함. 사나운 말투 속에 깊은 애정을 숨긴 현실적인 가장이며, 감수성이 예민하여 불길한 예감에 고통스러워함.	아픈 아내에게 "이 오라질 년"이라며 욕을 퍼붓지만, 돈을 벌자 가장 먼저 아내에게 설렁탕을 사 줄 수 있다는 생각에 기쁨. 술집에서 돈을 집어 던지며 "원수엣돈"이라며 그간의 한을 표현함. 마지막에 아내의 시신에 얼굴을 비비며 통곡함.
아내	INFJ	직관적이고 인내심 강함. 자신의 죽음을 예감하고 남편과 보낼 마지막 시간을 소망하며, 가난한 형편을 묵묵히 견디는 비극적 인물.	죽음을 앞두고 남편에게 평소와 달리 나가지 말라고 간곡히 부탁함. 사흘 전부터 그토록 먹고 싶어 하던 설렁탕을 끝내 맛보지 못한 채, 차디찬 방 안에서 홀로 숨을 거둠.
치삼	ESFP	사교적이고 눈치가 빠름. 분위기를 파악해 친구의 기분을 맞춰 주면서도, 현실적인 조언과 걱정을 아끼지 않는 의리 있는 성격.	선술집에서 김 첨지의 횡설수설을 묵묵히 들어주며 술잔을 같이 기울임. 친구가 돈을 마구 쓰는 것을 보고 주머니 사정을 걱정하거나, 집에 가서 아픈 아내를 챙기라고 권유함.

〈운수 좋은 날〉은 궁핍했던 일제강점기를 배경으로 하지만, 하층민의 비극은 현재의 우리 모습과 다르지 않아요. 김 첨지는 성실한 가장으로 눈이 오나 비가 오나 열심히 일하고, 아내는 그런 남편을 원망 않고 묵묵히 믿어 주죠. 김 첨지의 친구 치삼이는 또 어떤가요? 친구가 막걸리를 계속 시키자 너무 많이 시킨다며 친구의 주머니 사정을 걱정해요. 이들은 각자 다른 성격을 지녔지만, 모두 자기만의 방식으로 삶을 견디고 상대를 위해요.

김 첨지는 MBTI 유형 중 ISFP로 현실에 발을 붙이고 살지만 누구보다 애처가죠. 아내에게 상소리도 잘하고 거칠게 대하지만 아픈 아내가 죽을까 걱정되고, 돈이 생기면 가장 먼저 아내 먹을 것부터 챙기는 사람입니다. 김 첨지의 아내는 MBTI 유형 중 INFJ로 병들어 병원도 못 가는 형편이지만 남편을 원망하지 않아요. 자신의 마지막 순간을 예감하듯 "나가지 말아요"가 아내가 하는 말의 전부예요. 생의 마지막, 죽음이 무섭기도 했겠지만 남편과 보내고 싶은 마음 때문이었겠죠.

친구 치삼이는 MBTI 유형 중 ESFP에 가까워 보여요. 상황에 맞춰 말과 행동을 유연하게 바꾸고 친구에게 현실적인 조언과 걱정을 건네는 따뜻하고 의리 있는 성격이에요.

임종을 놓친 가난한 가장의 비극

구성 단계	핵심 사건	김 첨지의 성격 변화	감정·태도 변화
발단	비 오는 날 오랜만에 손님이 많은 행운이 잇따름	갑작스런 행운에 기쁨	가장 노릇 할 수 있어 기쁨
전개	손님이 끊이지 않지만 아내를 걱정하는 마음은 커짐	현실적, 걱정, 불안	계속되는 행운이 기쁘나 아내를 걱정함
위기	선술집에서 친구 치삼이와 술을 마시며 아내에 대한 불안을 잠재움	허세, 초조, 겁이 남	아내가 잘못됐을까 두려워 집에 가기 주저함
절정	설렁탕을 사 집으로 가지만 불길한 침묵에 당황함	피할 수 없는 현실과 마주함	불안, 걱정, 두려움
결말	아내의 죽음을 확인하고 비통해함	비통함, 서러움	절망, 자책, 슬픔

현진건은 〈운수 좋은 날〉에서 인력거꾼 김 첨지를 통해 일제 강점기 식민지 조선의 비극적 현실을 정면으로 보여 줍니다. 작가는 개인의 의지로는 통제할 수 없는 운명과 사회 구조의 폭력을 반어적으로 풀어냅니다.

> **"**
>
> 현진건의 **<운수 좋은 날>**은
> 국어 시험에서 자주 출제되는
> 대표적인 **사실주의 단편소설**이에요.
> 시험 준비를 할 때는 몇 가지 **핵심 내용**을
> 잘 기억해 두는 게 중요해요.
>
> **"**

사실주의 소설의 특징

이 작품은 1920년대 사실주의 소설이에요. 김 첨지라는 인물로 식민지 시대 도시 빈민층의 고단한 삶을 사실적으로 보여 주죠. 일제강점기 토지조사 사업으로 많은 농민들은 일자리를 잃고 도시로 몰려들었고, 그들은 이렇게 도시 외곽 행랑채에 몸을 맡기거나 부랑하며 날품팔이를 하거나 공장 노동자, 인력거꾼으로 일했습니다. 즉 김 첨지는 그런 이들을 대표하는 가난한 가장의 전형적인 모습이죠. 또한 김 첨지의 욕설과 거친 말투는 당시 하층민의 삶을 사실적으로 그리기 위한 작가의 장치예요. 이는 인물과 하층민의 생활을 생생하게 보여 주기 위한 문학적 장치로 쓰였답니다.

반어법

〈운수 좋은 날〉의 제목에 쓰인 표현법도 단골로 출제되는 문제예요. 이날은 김 첨지가 오랜만에 돈을 많이 번 행운의 날이었지만 실제로는 아내가 세상을 뜬 가장 비극적인 하루였죠. 여기에 쓰인 수사법을 반어법이라고 해요. 제목과 내용을 정반대로 만들어서 김 첨지의 슬픔이 더 깊어지며 주인공의 비극을 부각시켜요. 이렇듯 소설에서 제목은 호기심을 유발하고 내용을 유추하게 하며 작품 전체 내용을 함축하는 역할을 해요.

소설의 시점과 주제

이 소설은 3인칭 전지적 작가 시점으로 쓰였어요. 서술자는 김 첨지의 마음속 생각과 감정을 함께 보여 줘요. 덕분에 독자는 겉으로는 욕을 하고 화를 내는 김 첨지 안에 감춰진 애정과 불안을 함께 느낄 수 있죠. 특히 선술집에서 친구 치삼이와 술을 마시며 "아내가 죽었다"고 말하는 장면은 마음 깊숙한 곳의 불안과 걱정을 드러내는 장면이에요. 그래서 설렁탕을 들고 집으로 돌아와 아내의 죽음을 마주하며 "왜 먹지를 못하니…"라고 절규하는 장면이 슬프게 다가오죠.

설렁탕의 의미

이 소설에서 눈여겨 볼 상징은 '설렁탕'이에요. 설렁탕은 아내가 먹고 싶어 한 음식이자, 김첨지가 하루 종일 돈을 벌어 겨우 사 온 '사랑의 표현'이에요. 그 설렁탕은 결국 이루지 못한 소원, 잔인한 현실을 상징하죠.

배경의 특징

소설 내내 내리는 비도 중요한 상징이에요. 이는 불길한 결말을 암시하고, 작품의 전체 분위기를 조성하고, 주제를 구체화하면서 결말에 개연성을 부여해요. 객관식으로도, 서술형으로도 출제될 수 있어요.

함께 읽으면 좋은 작품
· 최서해, 《교과서 소설 다 보기2》 중 〈탈출기〉, C&A에듀, 2020
· 최일남, 《교과서 소설 다 보기2》 중 〈노새 두 마리〉, C&A에듀, 2020

1 "김첨지의 하루는 운이 좋았을까, 나빴을까?"에 대해 토의해 보세요. 운이 좋다는 말의 기준은 무엇인지, 우리가 흔히 쓰는 '행운'이라는 말에 어떤 감정이 담겨 있는지도 함께 이야기해 보면 좋아요.

2 소설의 마지막 장면을 바탕으로, 김 첨지가 집에 돌아와 아내를 바라보며 어떤 말을 더 하고 싶었을지 상상해 보고, 편지를 써 보세요. 인물의 감정에 깊이 공감하며 나의 감정을 언어로 표현해 보는 활동이 될 거예요.

3 '1920년대 인력거꾼'이라는 직업에 대해 조사해 보고, 지금 시대에 이와 비슷한 생계 노동을 찾아 비교해 보세요. 그들이 처한 현실은 어떻게 다르고, 어떻게 닮아 있을까요? 지금 우리가 할 수 있는 연대의 방식에 대해서도 함께 토론해 보거나 가난은 개인의 책임인지, 사회의 책임인지입장을 나눠서 토론할 수 있어요.

영원한 그리움이
된 첫사랑

소나기

황순원

　여러분은 세상에서 가장 아름답고도 시린 첫사랑 이야기를 꼽으라면 어떤 작품이 떠오르나요? 많은 사람이 주저 없이 황순원 작가의 〈소나기〉를 이야기할 거예요. 이 소설을 쓴 황순원 작가는 우리 문학사에서 단편소설의 대가로 불려요. 일제강점기와 전쟁이라는 힘든 시간을 보내면서도 우리말을 아주 아름답고 정결하게 다듬어 시처럼 아름답게 쓰셨어요. 인물의 행동이나 주변의 풍경을 절제된 방식으로 표현해요. 덕분에 독자들은 소설을 읽으며 마치 한 폭의 수채화를 보는 듯하죠.

　이 작품이 발표된 1953년은 한국전쟁이 막 끝난 후라 온 나라가 가난하고 혼란스럽던 때였어요. 모두가 고통받던 어두운 시절에 가장 순수하고 맑은 소년과 소녀의 사랑 이야기를 들려줘 상처받은 사람들의 마음을 따뜻하게 위로하고 싶어 했답니다.

　여름날 갑자기 쏟아지다 금세 그쳐 버리는 소나기처럼 소년과 소녀의 만남과 이별은 짧고 강렬하죠. 그리고 비가 그친 뒤에도 땅이 촉촉하게 젖어 있듯이 짧았던 소녀와의 추억은 소년의 가슴 속에 평생 지워지지 않는 그리움으로 남게 돼요.

무엇보다 이 소설은 여러 가지 상징적인 소재로 감정을 전달해요. 조약돌, 비단 조개, 꽃, 대추, 호두 등. 그중에서도 소녀가 좋아했던 보랏빛 꽃은 왠지 모를 슬픈 결말을 암시하기도 하죠. 이처럼 작가는 화려한 수식어보다 이런 상징물과 간결한 대화로 소년과 소녀의 사랑을 감각적으로 전달해요.

전쟁의 아픔이 가시지 않은 척박한 땅에서 피어난 이 맑고 투명한 이야기가 여러분의 마음속에는 어떤 색깔로 남게 될지 궁금하네요. 이제 소년과 소녀가 징검다리에서 마주쳤던 그 눈부신 가을날의 풍경 속으로 들어갈 준비가 되었나요?

소년, 첫사랑을 배우다

개울가 징검다리에서 처음 만난 소년과 소녀는 수줍고도 풋풋한 인연을 시작해요. 소심한 소년은 길을 비켜 주지 않고 앉아 있

는 소녀에게 말 한마디 건네지 못하고 언덕배기에서 기다리거나 먼 길을 돌아가곤 합니다. 그러던 어느 날, 소녀가 소년에게 바보 라면서 조약돌을 던지죠. 소년은 이후에도 징검다리에 앉아 소녀 가 했던 행동을 흉내 내다 창피해서 도망가요.

이후 다시 만난 소녀는 소년에게 비단 조개 이름을 물으며 둘 은 처음으로 대화를 나누어요. 소녀는 토요일이니 산으로 놀러 가자고 제안해요. 두 사람은 도랑을 넘고, 원두막과, 수숫단을 지 나죠. 무를 뽑아 먹고 꽃다발을 만들어요. 등꽃을 닮은 칡꽃을 뽑 다 소녀가 다치기도 하죠. 소년은 적극적으로 소녀의 상처를 치 료해 주기도 하고, 송아지 등에 올라타 멋진 모습을 보여 주죠.

하지만 갑자기 쏟아진 소나기에 위기가 닥쳐요. 다 찢어진 원 두막에서는 비를 피하기 어렵자, 소년은 수수밭으로 달려가 수숫 단 안에 공간을 만들어 소녀를 보호해요. 자신의 윗옷까지 벗어 떨고 있는 소녀를 덮어 주면서 극진히 보살펴요. 비가 그친 후 물 이 불어난 도랑을 건너지 못하는 소녀를 소년은 등에 업고 길을 건넙니다.

하지만 이날 맞은 비로 소녀는 심하게 앓아누워 한동안 학교 에 나오지 못하게 됩니다. 뒤늦게 개울가에 나타난 소녀는 이사를 가게 되었다는 소식을 전하며, 소년의 등에 업혔을 때 분홍 스웨터에 물들어 얼룩으로 남은 진흙물을 보여 주고 소년을 향한 애틋한 마음을 내비칩니다. 갈림길에서 소녀는 대추를 건네요.

소년은 이사 가는 소녀에게 주려고 정성껏 호두를 따지만 전해 주지 못하죠. 괜히 소녀네 제사에 가는 아버지에게 커다란 수탉을 가져가라고 했다가 민망해져요.

그리고 어느 밤. 소녀는 앓다 죽으면서 자신이 입던 옷을 그대로 입혀서 묻어 달라는 유언을 남겼다는 말을 엄마, 아빠가 나누는 것으로 소설은 끝나요. 긴 여운을 남기면서요.

MBTI로 본
등장인물의 성격

등장 인물	MBTI 유형	성격	작품 속 대표적 모습
소년	INFP	내성적이고 섬세한 순정파. 감정을 안으로 삭이며 깊이 사랑함. 수줍음이 많지만 소중한 사람을 위해 용기를 낼 줄 아는 헌신적인 성격임.	징검다리를 비켜 달라는 말을 못 해 길을 돌아가고, 소녀가 던진 조약돌을 주머니에 넣어 매일 만지작거림. 소나기가 쏟아지자 수숫단을 세워 소녀를 보호하고, 아픈 소녀를 위해 위험을 무릅쓰고 남의 집 호두 서리를 해 맨손으로 직접 까지만 전달하지 못함.
소녀	ENFP	명랑하고 주도적인 활동가. 호기심이 많고 자신의 감정을 솔직하게 표현함. 낯선 시골 환경에서도 소년에게 먼저 다가가는 에너지를 지님.	징검다리에 앉아 소년의 관심을 끌고, 먼저 말을 걸지 않는 소년에게 "야, 이 바보야"라며 조약돌을 던지는 대담함을 보임. 산으로 놀러 가자고 먼저 제안하며, 죽기 전 자신이 입던 분홍 스웨터를 입혀서 묻어 달라고 유언을 남김.

소년은 MBTI 중 INFP 유형과 가까워요. INFP는 자기만의 세계가 뚜렷하고, 자신이 소중하게 여기는 사람에게 헌신하죠. 첫 장면부터 알 수 있듯 징검다리 위에서 길을 비켜 달라는 말도 못하고 서 있을 정도로 내성적이에요. 하지만 소녀가 던진 조약돌

을 아무 말 없이 주머니에 넣어 두고 소녀가 그리울 때마다 만지 작거린다거나, 불어난 도랑에서 소녀를 곧바로 업고 건너고, 덕 쇠네 할아버지네 호두나무 서리를 하는 등 소녀와 관련된 일에는 적극적입니다.

반면 소녀는 소년에게 '이 바보'라고 소리치며 조약돌을 던질 정도로 대담하죠. MBTI 중 ENFP 유형에 가까워요. ENFP는 사 람과 감정에 대해 깊은 관심을 가지고, 에너지 넘치며 솔직하죠. 낯선 환경에서도 자신을 스스럼없이 드러내요.

소년과 소녀는 정반대의 성격을 지녔지만, 그 차이가 이 관계 를 더 풍성하게 만들어요. 조용히 마음을 키우는 소년과, 밝게 웃 으며 먼저 손을 내미는 소녀. INFP와 ENFP의 사랑 표현은 다르 지만 서로를 향한 마음만은 진심이었답니다.

짧지만 긴 여운으로 남은 첫사랑

구성 단계	핵심 사건	소년의 성격 변화	소녀의 성격 변화
발단	개울가에서 소년, 소녀 첫 만남	낯가림, 내성적, 수줍음 많음	명랑, 적극, 솔직, 외향적
전개	산에서 놀며 친해짐	적극적, 능동적, 설렘	소극적, 수동적, 설렘
위기	갑작스러운 소나기에 수숫단으로 피함	적극적, 용기, 배려, 책임감	소극적, 연약함, 의지
절정	소녀가 이사 간다는 말에 아쉬워함	아쉬움, 슬픔	아쉬움, 서운함
결말	소녀의 죽음을 알게 됨		

황순원의 〈소나기〉는 소년과 소녀의 짧고도 깊은 만남을 통해, 누구에게나 마음속에 남아 있는 첫사랑의 순수함과 이별의 아픔을 담아요.

소녀가 죽기 전 진흙물 얼룩이 남은 분홍 스웨터를 입혀서 묻어 달라고 한 유언은 그 추억과 사랑을 잊지 않겠다는 다짐으로, 깊은 여운을 남깁니다.

"

<소나기>에는 **주제, 상징적 소재,**
서정적 문체 등 시험에 꼭 나오는
핵심 요소가 가득해요. **인물의 심리**
또는 **복선**은 단골 출제 문항이에요.

"

공간의 이동

<소나기>는 시골 개울가 징검다리에서 소년이 소녀를 처음 만나는 장면으로 시작돼요. 시간적 배경과 공간적 배경에 따른 이야기 전개와 관련한 문제가 시험에 종종 출제돼요. 공간에 따라 '개울가(늦여름)' → '산' → '수수밭(수숫단)' → '도랑' → '개울가(초가을)' → '소년의 집'으로 이야기가 전개되죠. 특히 소년과 소녀가 헤어져야 하는 갈림길은 두 사람의 이별을 암시하는 상징적인 공간이기도 해요. 또한 가장 아름다운 계절인 늦여름에서 초가을의 풍광을 감각적으로 표현한 부분과 소녀를 상징하는 표현들은 시험에 잘 출제돼요.

작품 속 상징

작품 속 소재의 상징적 의미도 기억에 두어야 합니다. 상징과 의미를 연결하는 문제가 객관식으로 출제되거나 서술형으로 출제되니까요.

○ ● ⬡

소나기의 의미

무엇보다 소설의 제목인 '소나기'는 소년, 소녀의 짧은 사랑이라는 주제를 상징하지만, 장면마다 그 의미가 다를 수 있어요. 예를 들어 갑작스럽게 내리는 소나기를 피하는 장면에서 '소나기'는 위기감을 조성하죠. 하지만 원두막으로 비가 들이치자 수숫단으로 피하면서 둘은 더 밀착하고 둘의 거리는 가까워져요. 급기야 도랑에서 소년은 소녀를 업게 되죠. 하지만 또 소나기를 맞고 소녀가 병에 걸려 죽기 때문에 '소나기'는 죽음을 암시하기도 해요. 따라서 '소나기'를 '소년, 소녀의 짧은 사랑'이라는 주제로만 기억하지 말고, 장면별로 그 의미가 다르다는 걸 명확히 이해해야 합니다.

복선

소녀를 봤을 때 소년은 소녀가 하나의 꽃묶음 같다고 생각하죠. 소녀를 꽃묶음으로 표현함으로써 소녀를 꽃처럼 아름답게 느끼는 소년의 심리를 구체적이고 생생하게 알 수 있어요. 따라서 소녀가 꽃을 버리는 행위는 복선으로, 소녀의 죽음을 암시해요.

함께 읽으면 좋은 작품
· 김유정, 《김유정 단편집》 중 〈동백꽃〉, 지식을만드는지식, 2011
· 유리 나기빈, 《메아리》, 태일소담출판사, 2000

1 소년 또는 소녀의 시점에서 '그날'을 회상하는 글을 써 보세요. "그날, 네가 조약돌을 던졌을 때 나는…"처럼 감정을 따라가며 장면을 되살려 보세요. 글의 끝에는 '그날 이후 내가 변한 점'을 담아도 좋아요.

2 ＜소나기＞ 속 소재들을 떠올려 보고, 이 중 하나를 골라 글을 써 보세요. 자신만의 추억을 담아도 좋아요. 이를 바탕으로 문학 속 상징의 의미를 파악할 수 있어요.

3 이 소설은 소년의 시점에서 전개돼요. 소녀의 시선에서 쓰게 되면 또 다른 소설이 될 수 있어요. 소녀의 입장에서 소설을 전개하며, 마지막 장면에서는 죽기 전 소녀의 입장에서 소년에게 유언을 남긴다고 생각하고 써 보세요. 쓴 글을 낭독해 보는 것도 좋아요.

5장

억압과 한계를 뛰어넘는 의지의 주인공

사람답게
살고 싶어요

조선을 떠나
율도국을 세우다

홍길동전

허균

여러분이 만약 아빠를 아빠라고 부르지 못하고 '어르신'이나 '회장님'이라고 불러야 한다면 어떨까요? 또한 자신을 아빠의 자식이라고 할 수 없다면요? 소설 속 홍길동은 재주가 아주 뛰어난 아이였지만, 집안에서 이름 대신 '천한 것'이라는 눈초리를 받으며 자랐어요. 그 이유는 당시 조선 시대의 아주 불공평한 규칙인 '적서 차별' 때문이었죠.

조선 시대에는 아내를 여러 명 둘 수 있었는데, 첫 번째 아내(정실부인)가 낳은 자식은 '적자', 그 외의 아내가 낳은 자식은 '서얼'이라고 했어요. 길동이는 노비 출신인 어머니에게서 태어난 '얼자'였기 때문에, 아무리 똑똑해도 집안에서 정식 아들로 인정받지 못했죠. 가족인데 가족이 아닌 것처럼 살아야 했던 게 길동이에게 가장 큰 상처였지요.

더 큰 문제는 이 차별이 집안을 넘어 나라 전체에 퍼져 있었다는 거예요. 당시 조선에서 서얼들은 아무리 열심히 공부해도 나라의 중요한 일을 결정하는 높은 관리(벼슬)가 될 수 없도록 법으로 막아 놓았거든요. 지금으로 치면 전교 1등이어도 '서자'라는 이유로 좋은 회사에 취업도 안 되고, 장관 같은 높은 자리는 올라갈 수도 없는 거죠. 길동이는 자신의 재능을 펼칠 기회조차 없는 답답한 세상에 큰 분노를 느꼈습니다.

이 소설을 쓴 허균은 양반 중에서도 아주 높은 가문 출신으로 뛰어난 실력을 갖추었지만 서얼이라는 이유로 눈물 흘리는 친구들을 보며 마음 아파했어요. 허균은 사람의 능력은 타고난 신분이 아니라 실력으로 판단해야 한다고 굳게 믿었어요. 그래서 그는 홍길동이라는 영웅을 만들어, 나쁜 관리들을 혼내 주고 신분에 상관없이 모두가 행복하게 살 수 있는 율도국이라는 새로운 나라를 세우게 되죠.

홍길동이 도술을 부려 탐관오리를 혼내고, 바다 건너 섬으로 가 자신만의 나라를 세운 이유는 무엇일까요? 서얼을 차별하지 않고, 양반은 양반답게, 임금은 임금답게 백성을 잘 다스리자는 바람 때문이에요.

자, 그럼 길동이의 영웅담을 따라가 볼까요?

세상을 바꾸고 싶었던 소년, 홍길동

　홍길동은 조선 시대 양반인 홍 대감과 노비 출신 첩 춘섬 사이에 태어난 아이예요. 홍 대감은 낮잠을 자다 커다란 용이 자신을 덮치는 꿈을 꾸었죠. 그때 춘섬이는 길동이를 임신합니다. 길동이 태어날 때도 주변에 오색구름이 몰려올 정도로 신이한 현상이 벌어졌어요. 비범하고 기이한 출생을 한 홍길동은 자라면서 영특하고 총명하며 재주가 뛰어났죠. 홍 대감은 이런 길동이가 얼자인 걸 항상 한탄했어요. 한편 길동이도 자라면서 자신의 신분이 가진 벽을 크게 느껴요. 아버지를 아버지라 부르지도 못하고, 입신양명하여 효도할 수도 없었죠.

　그러던 중 홍길동을 탐탁하게 여기지 않던 홍 대감의 첩 초란이 정실부인과 장자인 인형을 설득해요. 초란은 이들의 허락을 받고 홍길동을 죽일 음모를 꾸미죠. 죽을 고비를 넘긴 길동이는 자신을 죽이려 한 자객을 처단하고, 어머니와 홍 대감에게 하직 인사를 고합니다. 이를 측은히 여긴 홍 대감은 길동에게 호부호형을 허락하죠.

집을 떠난 홍길동은 산속에서 도적 무리를 이끌며 '활빈당'을 조직하고, 부패한 관리를 응징하면서 굶주린 백성을 돕는 의적 활동을 펼쳐요. 신출귀몰한 도술로 나라를 뒤흔드는 홍길동을 잡지 못한 임금은 결국 그의 소원대로 병조판서 직을 제수해요. 이로써 입신양명의 한을 푼 홍길동은 임금께 작별 인사를 고하고 더 넓은 세상을 향해 조선을 떠납니다.

조선을 떠난 홍길동은 패악한 왕이 다스리던 율도국을 정벌하여 스스로 왕이 되고, 적서 차별 없이 인재를 등용하는 이상적인 나라를 건설합니다. 그는 임금과 신하, 백성이 각자의 도리를 다하는 부국강병을 이룬 뒤 조선에도 신하의 예법을 다하며 유교적 효와 충을 실천해요. 이후 신선이 된 홍길동은 정실부인과 함께 하늘로 승천하며 영웅적인 생애를 마무리합니다.

MBTI로 본
등장인물의 성격

등장 인물	MBTI 유형	성격	작품 속 대표적 모습
홍길동	INFJ	이상을 꿈꾸는 혁명가. 현실의 장벽에 고뇌하지만, 이를 극복하기 위해 치밀한 계획을 세우고 정의로운 사회를 건설하려 함.	호부호형을 하지 못하는 자신의 신분에 한탄함. '활빈당'을 조직해 탐관오리를 벌하고, 율도국으로 건너가 차별 없는 나라를 세우고 왕이 됨.
홍 판서	ISTJ	원칙을 중시하는 보수주의자. 아들을 사랑하는 마음은 있으나, 가문의 체면과 유교적 질서를 지키는 것을 최우선으로 여김.	길동의 비범함을 알지만 현실에 적응하지 못할까 꾸짖음. 임금의 명령에 따라 길동을 잡기 위해 장남 인형을 보내는 등 시대의 법도를 철저히 따름.
춘섬	ISFJ	헌신적이고 자애로운 어머니. 자신의 처지를 받아들이며 묵묵히 아들을 보살피고 뒷바라지하는 전형적인 수호자형.	오색구름이 몰려오는 신이한 현상 끝에 길동을 낳음. 집을 떠나려는 길동을 보며 피눈물을 흘리지만, 아들의 뜻을 꺾지 않고 묵묵히 하직 인사를 받음.
초란	ESTJ	치밀하고 냉혹한 전략가. 자신의 권력과 위치를 지키기 위해 방해물을 제거하려 하며, 목적 달성을 위해 수단과 방법을 가리지 않음.	무당과 짜고 길동의 관상을 역적으로 몰아세움. 정실부인과 인형의 허락을 미리 받아내어 자객을 보내는 등 뒤탈이 없도록 주도면밀하게 음모를 꾸밈.

〈홍길동전〉의 홍길동은 세상이 정해 놓은 틀 안에 머물기를 거부합니다. 이런 유형은 MBTI 중 INFJ에 가까워요. 혼자 깊게 생각하고, 이상적인 미래를 상상하며, 그것을 현실로 바꾸려 하죠. 적서 차별로 존재를 부정당했던 소년은 스스로 자기만의 길을 걸어 나라를 세워요.

아버지인 홍 판서는 MBTI 중 ISTJ로 보여요. 아들을 아끼지만, 세상이 정한 규칙 앞에서는 감정을 숨기죠. 현실과 체면을 우선시하는 모습은 책임감 있고 보수적인 성격으로, 시대의 질서를 그대로 따르는 인물이에요. 어머니 춘섬은 MBTI 중 ISFJ예요. 헌신적이며 신분제에 순응하는 인물이죠. 말수가 적고 얌전하며, 아들에 대한 사랑만큼은 어느 누구보다 깊어요. 그렇기에 길동이 떠나겠다고 할 때도 슬퍼하지만 붙잡지 않아요.

반면 초란은 ESTJ 유형에 가까워요. 초란은 자신의 이익을 위해 수단과 방법을 가리지 않는 인물로 홍길동을 제거할 때 책임을 피하고자 정실부인과 맏장자인 인형을 이용해요. 무당을 불러 홍길동이 역적이 돼 가문을 몰락하게 할 거라고 하죠. 이에 두 사람의 허락을 받고 홍길동에게 자객을 보내요.

새로운 세계, 율도국을 세우다

구성 단계	핵심 사건	홍길동의 성격 변화	감정·태도 변화
발단	홍 판서의 얼자로 태어나 신분 차별을 겪음	현실 인식	억울함, 슬픔, 외로움
전개	호부호형을 할 수 없는 상황에 홍 판서의 첩 초란이 길동에게 자객을 보내고 길동은 이를 물리침. 홍 판서에게 호부호형 허락을 받고 출가함	저항과 독립 의지	분노, 결단
위기	'활빈당'의 우두머리가 되어 탐관오리 응징, 빈민 구제	책임감, 정의 실현	정의, 연대 의식
절정	나라에서 길동을 잡으려 애쓰나 잡지 못함. 결국 병조판서 제수를 받은 후 율도국으로 떠남	자신의 꿈을 이룸	자긍심, 소외감
결말	율도국의 불의한 왕을 처단하고 왕이 돼 선정을 베풀다 신선이 돼 올라감	이상 실현	만족감, 성취감, 해방감

〈홍길동전〉은 적서 차별이라는 개인의 고통에서 출발해, 사회 전체의 부조리를 비판하고 세상을 바꾸는 이야기입니다. 홍길동이 겪는 갈등과 결단은 단순한 개인의 성공담이 아니라 당시 민중의 소망과 개혁 의지를 보여 주는 거예요.

> <홍길동전>은 허균이 지은
> 고전소설이자 한글 소설이며 영웅소설로
> 단순한 모험담을 넘어서 **조선 사회의**
> **부조리를 비판한 사회소설**이에요.
> 시험에서는 이 작품이 가진 **역사적 의미**와
> 주인공 홍길동의 **성격, 사건 전개 구조**,
> **주제 의식** 등을 중심으로 출제돼요.

영웅소설의 특징

영웅소설이 가진 특징을 이야기의 구성 단계와 연관지어 출제해요. 고귀한 혈통 → 비정상적인 출생 → 고난과 시련 → 조력자의 도움 → 위기 극복 → 행복한 결말로 이어지는 구조를 '영웅 일대기 구조'라고 해요. 〈홍길동전〉도 이런 구성으로 되어 있어요. 다만 여기서 더 들여다봐야 할 것은 〈홍길동전〉은 크게 두 부분으로 나뉜다는 거예요. 전반부는 얼자로서 홍길동이 겪었던 고난을 극복하고 아버지로부터 '호부호형'을 허락받아서 개인적인 한이 사라지죠. 후반부에서는 임금으로부터 '병조판서'를 제수받아 사회적 성취를 이룬 뒤 율도국으로 건너가요. 이는 율도국의 왕을 처벌하고 왕이 되는 행위가 개인의 한을 풀기 위해서가 아니라 '정의'를 위한 행동이라는 정당성을 얻게 하기 위해서예요. 따라서 '호부호형을 허락'받는 장면과 '병조판서로 제수'받는 장면이 연결돼 시험에 종종 출제돼요.

또한 홍길동이 가졌던 신분적 한계를 개인적으로는 뛰어넘었어도 시대적 한계를 극복하지는 못했다는 점이 출제돼요. 홍길동은 율도국의 왕이 되었지만 조선의 서얼들은 여전히 적서 차별에 신음할 수밖에 없잖아요. 적서 차별을 없애고 율도국으로 건너간 게 아니니까요. 또한 축첩제도를 이어받은 것도 작품의 한계에 속해요.

작품의 갈래와 의의

작품의 갈래와 의의를 물어보는 문제가 자주 나와요. 〈홍길동전〉은 한글로 쓰인 최초의 고전소설이며, 영웅소설의 전형을 보여 주는 작품이에요. 동시에 사회소설의 성격을 띠면서, 적서 차별이나 탐관오리의 부패 같은 조선 시대의 문제들을 담고 있죠. 즉 주제 '적서 차별 제도에 대한 홍길동의 저항과 입신양명을 향한 의지'와 연관 지어서 조선 시대의 어떤 모습을 비판했는지 묻는 문제가 출제돼요.

소설 속 갈등

소설이기에 갈등과 관련한 문제도 빼놓을 수 없겠죠? 홍길동은 영웅적 자질을 지녔지만, 처음에는 아버지를 아버지라 부르지 못하는 개인적인 서러움과 분노에서 출발해요. 이후 사회의 부조리를 깨닫고 의적 활동으로 사회정의를 실현하는 인물로 성장하죠. 이 과정에서 홍 판서와의 갈등, 초란과의 갈등, 또한 이 갈등을 바탕으로 한 외적 갈등과 내적 갈등이 단골 문제로 출제돼요.

율도국의 의미

공간의 상징적 의미도 알아 두세요. 조선은 길동이 차별받고 갈등하는 현실의 공간이고, 율도국은 이상이 실현되는 공간이에요. 율도국은 유교적 이상이 실현된 나라로 허균이 가졌던 국가관을 이해하는 문제로 출제됩니다. 허균이 원한 건 자유롭고 평등한 나라가 아니라, 유교적 이상이 실현된 나라랍니다.

함께 읽으면 좋은 작품
· 박지원, 《박지원의 한문 소설》, 김수업 지음, 휴머니스트, 2013
· 작자 미상, 《전우치전》, 한윤섭 지음, 웅진주니어, 2016

1 홍길동은 활빈당을 조직해서 탐관오리가 모은 재산을 빼앗아 백성을 도와요. 이런 갈등 해결 방법이 옳은지에 대해서 토론해 보세요.

2 현대 우리 사회에도 홍길동이 겪은 것과 비슷한 갈등이 있는지 찾아보고, 이런 갈등을 어떻게 해결할 수 있을지 토의합니다.

3 "내가 율도국을 세우게 된다면 어떤 나라를 만들까?"를 주제로 나만의 이상 국가를 설계해 보세요. 나라의 이름, 법, 꼭 지키고 싶은 가치까지 생각해 보면, 나와 사회를 연결하는 시선을 기를 수 있어요. 창의력과 상상력, 그리고 공동체 의식이 함께 자라는 시간이 될 거예요.

K-걸크러시의 원조

박씨전

작자 미상

조선 후기, 임진왜란 이후 나라가 안정되지도 않은 상태에서 병자호란으로 흔들리던 시기. 뜻밖에도 여성영웅이 등장합니다. 바로 〈박씨전〉 소설 속 이야기입니다. 병자호란 이후 상처받은 민중의 마음을 어루만지고, 남성 중심 사회를 비판하여 당시 여성들에게 대리 만족을 선사하죠. '박씨 부인'이라는 강인한 여성 인물을 중심으로 한 이야기는 140여 종의 이본이 남아 있을 정도로 널리 사랑받았죠.

'박씨'라는 성씨는 단순하게 성씨를 의미하는 건 아닙니다. 당대 여성들의 이름 없는 삶, 이름 대신 '성씨'로 불렸던 여성들의 위치를 보여 주는 표현이기도 해요. 〈박씨전〉의 박씨 부인은 그 시대적 한계에도 뛰어난 도술과 지략으로 병자호란 당시 조선인들을 공포에 떨게 만들었던 청나라 장수 용골대를 혼냅니다. 인조가 맨바닥에 세 번 절하고, 이마를 아홉 번 찧은 '삼배구고두'를 한 것처럼 용골대가 박씨 부인 앞에서 무릎을 꿇고 머리를 조아리죠.

현실에서 이루지 못한 청나라에 대한 복수를 문학적으로 대신 실현하죠. 즉 역사 허구 소설, '팩션'이라고 생각하면 돼요. 그리고 여성 주인공의 활약을 통해 그 시대 가부장제의 모순을 꼬집습니다. '못생겨도 괜찮다, 똑똑하면 된다'는 외모 지상주의를 비판하고 '여성도 역사를 바꿀 수 있다'는 상상력은 오늘날 우리에게도 의미 있게 다가옵니다.

과연 이 여성영웅은 어떻게 나라를 구했을까요? 지금부터 그녀의 놀라운 이야기 속으로 들어가 볼까요?

외모로 차별받은 박씨, 나라를 구하다

〈박씨전〉의 주인공은 이름조차 없이 '박씨'로만 불리는 한 여성입니다. 그녀의 아버지 박 처사는 이 상공의 집에 찾아가 이시백과 자신의 딸을 혼인시키자고 청합니다. 이 상공은 박 처사의 신기한 재주를 보고 감탄해 둘을 혼인시키죠. 하지만 남편 이시백과 시댁 식구들은 그녀가 못생겼다는 이유로 무시하고 홀대해요. 그녀는 이 상공에게 부탁해 '피화당'이라는 조그만 집을 짓고 여종 개화와 함께 지내죠. 그리고 묵묵히 며느리로서, 아내로서 최선을 다합니다. 시아버지의 조복을 짓고, 중국 상인에게 천리마를 팔고, 남편의 장원급제를 돕죠.

시간이 흘러 오랜만에 아버지를 만나러 갑니다. 박 처사는 딸에게 '너의 액운이 다했다'고 하죠. 박 처사도 이 상공의 집에 찾아옵니다. 액운이 다한 박씨 부인은 허물을 벗고 절세미인이 되죠. 이 모습을 본 박 처사는 허물을 함에 잘 간직하라 이르고, 자신은 이제는 더 이상 속세에 나오지 않을 거라며 떠납니다.

이시백은 그동안 박씨를 박대한 것을 뉘우치고 부부간의 정은 날로 깊어 갑니다. 그런데 병자호란이 벌어지죠. 박씨는 피화당으로 피하고 용골대의 동생 용울대의 목숨을 빼앗습니다. 이에 용골대가 용울대의 머리를 돌려받으러 옵니다. 용울대는 박씨의 계집종 계화에게 목이 잘렸죠. 장수도 아니고 조선의 계집종한테 목숨을 잃다니. 용골대는 화를 내며 공격하지만 오히려 대패합니다. 결국 무릎을 꿇고 머리를 조아리며 박씨 부인에게 용울대의 머리를 달라고 하지만 그녀는 허락하지 않습니다. 용골대는 울며 조선을 떠나죠.

　이처럼 박씨는 단지 가정만을 지킨 여인이 아니라 민족의 자긍심을 회복한 인물입니다. 〈박씨전〉은 한 여성이 가정 내 외모 차별과 사회 내 여성 차별을 견디며 남편과 나라에 인정받는 이야기로, 외모와 성차별을 넘어서 진정한 인간의 가치를 묻는 소설이에요.

MBTI로 본
등장인물의 성격

등장 인물	MBTI 유형	성격	작품 속 대표적 모습
박씨 부인	INFJ	통찰력 있는 수호자. 겉으로 드러내기보다 내면의 신념을 지키며, 미래를 내다보는 예지력이 있고, 강한 책임감을 지님.	추한 외모로 홀대받아도 묵묵히 피화당에서 인내함. 시아버지의 조복을 짓거나 천리마를 알아보는 등 비범한 능력을 발휘하며, 병자호란 시 도술로 적군을 물리쳐 가문과 나라를 구함.
이시백	ESFP	솔직하고 즉흥적인 연예인형. 현실의 감각적 가치(외모)에 민감하며, 기분에 따라 반응이 빠르지만 자신의 잘못을 인정할 줄도 앎.	박씨의 외모를 보고 첫날밤부터 외면하며 대면조차 거부함. 그러나 박 씨가 허물을 벗고 미인이 되자 곧바로 지난날을 사과하고 사랑을 고백하는 등 감정에 솔직하고 가변적인 태도를 보임.

〈박씨전〉은 겉모습과는 다른 내면의 힘, 그리고 억눌린 존재가 어떻게 세상을 바꾸는지를 보여 줍니다. 외모보다 능력으로, 침묵하기보다 용기 내 행동으로, 억눌리기보다 존엄을 택한 여인의 이야기예요. 주인공 박씨 부인은 MBTI 성격 유형 중 INFJ로 볼 수 있어요. 이야기 초반, 그녀는 추한 외모로 멸시받지만, 피화당에 머물며 자신의 의무를 다해요. 또한 병자호란이 벌어졌어도 피화당에서 가문을 지키죠.

반면 남편 이시백은 ESFP로 박씨와는 성격이 많이 달라요. 처음 박씨를 보자마자 외모에 실망하고 대면조차 하지 않으려고 하죠. ESFP 유형은 눈앞의 현실을 즐기고, 감각적인 경험을 중시하는 성격이거든요. 물론 그는 악인은 아니에요. 사과도 하고, 이후에는 아내를 존중하며 관계를 회복하려 했으니까요.

여인의 힘으로 민족 자긍심을 세우다
여성영웅의 탄생

구성 단계	사건	박씨의 성격 변화	감정·태도 변화
발단	박씨는 이시백과 혼인하지만 추한 외모로 박대당함	인내심 강하고 감정을 숨김	슬프고 외롭지만 담담함
전개	·박씨는 꿈에 본 연적으로 남편의 장원급제를 도움 ·박씨는 박 처사의 도움으로 허물 벗고 절세미인이 됨	내면의 능력을 감춘 채 내조에 힘씀	차분하고 신중, 말수가 적음
위기	박씨가 조선을 침입한 용울대를 물리치자 용골대가 피화당으로 찾아와 공격함	예리한 판단력과 전략적 사고를 갖춘 인물	예지력으로 조국을 걱정하고 책임감으로 조언함
절정	박씨는 피화당을 침범한 용골대를 물리치고 항복을 받아 내고 꾸짖어 돌려보냄	강인하고 능동적인 여성 영웅	책임감과 사명감으로 가문을 지킴
결말	박씨는 공로를 인정받아 정렬부인 호칭을 받음	주체적, 당당함	존경받는 집안 어른이 됨

이 작품에서 박씨는 시댁의 무시와 냉대, 그리고 차별 속에서도 자존감을 잃지 않아요. 또한 전쟁 속에서도 용감하게 제 집안을 지키죠. 이 소설은 여성의 능력과 내면의 가치를 재조명해요.

외모로 평가받던 여성이 끝내 집안을 구하고, 민족의 적 용골대의 무릎을 꿇게 만든 주체적인 인간으로 서게 되죠. 조선 후기 남성 중심 사회의 편견에 대한 도발이라고 할 수 있어요. 그래서 〈박씨전〉이 나왔을 때 많은 위정자들이 이 책을 못 읽게 하기도 했답니다. 그럼에도 〈박씨전〉이 인기가 많았던 이유는 패배한 전쟁의 치욕을 문학에서나마 보상받으려는 민중의 심리를 반영했기 때문이에요.

이는 단순히 한 개인의 복수극을 넘어, 무능한 집권층에 대한 민중의 날카로운 비판과 더불어 포로로 잡혀가거나 환향녀가 돼 돌아온 여성들의 울분을 위로하죠.

결국 박씨라는 인물은 억압받던 여성들에게는 대리 만족의 아이콘으로, 전쟁에 상처 입은 백성들에게는 치유의 상징으로 자리 잡으며 한국 고전 문학사에서 독보적인 위상을 차지하게 되었습니다.

> "
> **병자호란**이라는 역사적 아픔을
> 배경으로 한 **군담소설**이자
> **여성영웅소설**로, 고전소설의 **전기적 요소**와
> **민족적 자존심 회복**이라는 키워드가
> 집약된 작품이에요.
> "

전기성

영웅소설인 만큼 박씨는 특별한 능력을 발휘합니다. 이를 고전소설에서는 전기성이라고 해요. '전기성'이란 비범하고 특별한 재주를 보여 주는 걸 말해요. 박씨는 꿈에서 본 상서로운 연적을 이시백에게 전해 장원급제를 도와요. 또한 구름을 타고 아버지가 계신 금강산에 다녀옵니다. 무엇보다 신묘한 도술로 청나라 군사를 물리쳐요. 병자호란이 일어날 것과 청나라 병사들이 어떤 경로로 쳐들어올지를 예언해요. 이를 예지력이라고 합니다. 이렇게 전기성과 관련한 문제가 출제돼요.

소설의 구조

소설은 크게 전반부와 후반부로 나뉘어요. 전반부는 '가정 내 갈등', 후반부는 '사회적 갈등'이죠. 소설 전반부에서 박씨 부인은 '피화당'이라는 공간에서 내조를 합니다. 중반 이후 병자호란이 일어나자 피화당에서 도술을 발휘해 적을 물리치죠. 이렇게 가정에서 시작된 갈등이 사회 전체로 확장되는 구성이에요.

소설의 시대적 배경

소설의 시대적 배경과 어떤 현실이 반영됐는지도 종종 출제돼요. 조선 후기는 상공업의 발달로 평민 문학이 발달했고, 또한 여성의 목소리도 높아졌어요. 그래서 이 작품에서 '남존여비 사상', '외모 지상주의', '가부장적 질서' 같은 조선 사회의 문제점을 비판할 수 있었던 거예요. 시험에서는 작품을 통해 알 수 있는 조선 사회의 모습이나 그 당시의 어떤 사상을 비판한 것인지를 묻는 문제가 종종 출제돼요.

군담소설과 여성영웅소설

〈박씨전〉은 병자호란을 배경으로 한 고전소설이에요. 이렇게 임진왜란과 병자호란 후 쓰여진 전쟁소설을 군담소설이라고 해요. '군담소설'이 란 전쟁을 배경으로 주인공이 성장하면서 나라를 지키는 이야기죠. 이 소설은 여성영웅소설이라는 점에서 특별해요. 그래서 시험에서도 자주 '여성영웅소설' 관련 문제나 소설 속 '전기적 요소' 또는 '역사적 사실과 허구의 결합' 같은 키워드를 중심으로 출제됩니다. 다만 '피화당'이라는 공간 안에서만 싸운 건 이 작품의 한계이기도 합니다.

소설의 가치와 의미

〈박씨전〉은 조선 후기 남성 중심 사회에서 여성의 역할을 새롭게 보여 준 작품이에요. 처음에는 외모 때문에 무시당하지만, 결국 뛰어난 능력 으로 나라를 구하죠. 시험에서 '여성영웅소설로서의 특징'이나 '당시 여 성의 사회적 지위와 관련된 비판 의식'으로 자주 출제돼요. 그리고 병 자호란의 패배를 승리로 바꿨기 때문에, '민족적 자존심 회복', '역사적 치욕에 대한 문학적 보상'이라는 문학사적 의의를 기억하세요.

함께 읽으면 좋은 작품
· 김소연, 《명혜》, 창비, 2007
· 작자 미상, 《홍계월전》, 이정원 지음, 휴머니스트, 2015

1 박씨가 처음 겪는 어려움은 외모 때문이에요. 현재에도 외모 지상주의 때문에 여러 문제가 발생하고 있죠. 사람의 겉모습으로 평가하고 평가받는 것이 옳은지 토의해 봐요.

2 작품 속 박씨는 조용히 내조하던 인물에서 나라를 구하는 영웅으로 변해요. 여러분이 생각하는 '현대의 박씨'는 어떤 자질을 갖추어야 할지 영웅의 조건에 대해 논의해 봐요.

3 <박씨전>을 현대 배경으로 바꾼다면 어떤 이야기가 될까요? 박씨는 어떤 옷을 입고, 어떤 말투를 쓸까요? 모둠별로 캐릭터를 다시 만들어 보며 시나리오를 짜 보세요. 웹툰, 영상, 연극 등으로 표현해도 좋아요.

인간의 존엄을
선언하다

춘향전

작자 미상

〈춘향전〉은 판소리게 소설로 기생의 딸이지만 자신의 의지와 존엄을 굽히지 않은 조선 시대 기생의 딸 춘향이의 이야기예요. 그녀는 어느 봄날 자신을 찾아든 남원 부사의 아들 이몽룡을 사랑하게 되죠. 이몽룡이 아버지를 따라 한양으로 떠난 뒤에도 권력자의 횡포와 폭력에 맞서 자신의 사랑을 굳건히 지켜요. 그래서 사람들은 흔히 〈춘향전〉을 염정소설이라고 해요. '염정소설'이란 남녀 간의 사랑을 이야기한 고전소설의 한 갈래예요.

하지만 이 작품을 들여다보면 단순한 사랑 이야기로만 볼 수 없어요. 비록 천한 기생의 딸이지만 자신의 의지와 신념을 지키려 한 인간의 의지가 담겨 있기 때문이죠. 조선 시대에는 아버지가 양반이더라도 종모법에 따라 어머니의 신분을 따라야 했어요. 춘향이 역시 어머니의 신분을 따라야 하는데, 춘향이의 어머니는 천한 기생이었어요. 그런데 새로 부임한 사또의 수청을 거부한다? 이건 그 당시 있을 수 없는 일이었어요. 수청이란 왕이나 신

분이 높은 사람의 시중을 드는 걸 말해요

춘향이 이 말을 듣지 않자 사또는 춘향이를 벌하죠. 춘향이는 옥에 갇히고 고문을 당하면서도 끝내 마음을 굽히지 않아요. 이는 단순히 정절을 지키고 싶은 여인의 의지라기보다 자신의 존엄을 지키고자 한 인간의 의지예요. 그래서 암행어사가 돼 돌아온 이몽룡이 변 사또를 벌하는 장면은 부패한 세상에 대한 응징이고, 춘향이 이몽룡의 정실부인이 돼 임금으로부터 정렬부인이라는 칭호를 받는 건 존엄을 존중받고픈 민중의 염원이기도 해요.

신분을 뛰어넘는 남녀 간의 사랑 이야기이자 부패한 지배층에 대한 신랄한 비판과 풍자, 해학적 서술로 웃음을 유발하는 〈춘향전〉 속으로 빠져 봐요.

사랑 앞에 당당한 이름, 춘향

단옷날 광한루에서 운명적으로 만난 성춘향과 이몽룡은 신분의 차이를 넘어 백년해로를 약속하며 깊은 사랑에 빠져요. 그러

나 행복도 잠시, 이몽룡의 아버지가 한양으로 올라가면서 두 사람은 눈물 어린 이별을 맞이합니다. 몽룡은 반드시 성공해서 돌아오겠다는 약속을 남긴 채 떠나고, 춘향이는 그 약속을 믿으며 기다려요.

한편 남원에 새로 부임한 변학도는 춘향의 미모에 반해 수청을 강요하며 폭정을 일삼지만, 춘향이는 정절을 지키기 위해 이를 단호히 거부하다 옥에 갇혀요. 그사이 과거에 급제하여 암행어사가 된 이몽룡은 남원으로 내려와 변학도의 횡포를 확인합니다. 몽룡은 자신의 정체를 숨기기 위해 허름한 거지 행색으로 월매와 옥에 갇힌 춘향이를 만나고, 춘향이는 절망적인 상황에서도 변치 않는 사랑과 신의를 보여 주죠.

변학도의 생일 잔칫날, 이몽룡은 허름한 모습으로 잔치에 끼어들어 탐관오리들의 부패를 비판하는 한시를 남겨요. 그리고 "암행어사 출두요!"라는 외침과 함께 등장한 몽룡은 변학도와 부패한 관리들을 엄중히 벌하죠. 이몽룡은 마지막으로 춘향이의 본심을 시험하지만, 끝까지 수절을 지키려는 그녀의 숭고한 모습에 감동하여 마침내 자신의 정체를 밝히고 극적인 재회를 해요.

등장 인물	MBTI 유형	성격	작품 속 대표적 모습
성춘향	ISFJ	신중하고 책임감이 강하며, 자신만의 확고한 신념과 존엄성을 지키는 외유내강형 인물.	변학도가 수청을 강요해도 신하가 두 임금을 섬기지 않고, 열녀는 두 남편을 섬기지 않는다고 단호히 거절함. 옥에 갇히고 고문을 당하면서도 이몽룡과의 신의를 저버리지 않는 굳건한 태도를 보임.
이몽룡	ENTJ (정의로운 지도자)	목표 지향적이고 전략적이며, 사랑과 정의를 모두 쟁취하기 위해 끊임없이 노력하는 인물.	춘향이와 한 약속을 지키기 위해 과거에 급제하고, 암행어사가 되어 "금준미주는 천인혈이요"라는 한시로 탐관오리를 풍자함. 치밀하게 계획하고 출두해 부패한 권력을 심판하고 춘향이를 구출함.
변학도	ENTJ (통제적인 권력가)	추진력과 에너지를 자신의 욕망과 타인을 억압하는 데 사용하는 오만한 통치자.	부임하자마자 정사는 돌보지 않고 춘향이에게 수청을 강요. 자신의 뜻대로 되지 않자 잔혹한 형벌을 내리는 등 권위주의적인 폭정을 일삼음.

먼저 성춘향의 성격은 MBTI 중 ISFJ 유형으로 신중하고 책임감이 강하며, 무엇보다 타인을 깊이 아끼는 사람이에요. 향단이

를 다정하게 챙기고, 어머니 월매의 마음을 헤아려요. 또한 이몽룡에 대한 사랑도 지키죠. 그가 거지가 돼 돌아와 좌절해도 서로 약속했던 믿음은 흔들리지 않아요. 이런 춘향이의 성격은 조선 후기 각성한 민중들의 모습을 담고 있어요.

이몽룡은 MBTI 중 ENTJ 유형으로 정의로운 지도자형에 가까워요. 목표를 세우고 전략적으로 움직이며, 정의감과 리더십을 갖춘 인물이에요. 변학도의 잔치에서 한시로 사회를 풍자하고, 법의 이름으로 그를 심판하는 장면에서 이몽룡이 얼마나 냉철하고 결단력 있는 사람인지 알 수 있어요.

그리고 또 한 사람, 이 이야기를 더 재미있게 만드는 인물, 변학도를 빼놓을 수 없어요. 변학도는 MBTI 유형 중 ENTJ로 통제적인 권력가형이에요. 이몽룡과 같은 ENTJ이지만 이몽룡은 정의를 위해 권력을 썼다면, 변학도는 이와 반대로 자신의 욕망을 위해 권력을 남용해요. ENTJ 유형의 강한 추진력과 조직력을 타인을 해치거나 굴복시키는 데 쓰면 어떤 위험을 불러오는지 보여 줘요. 춘향이의 미모에 끌려 수청을 강요하고, 거절당하자 분노해 그녀를 감옥에 가두는 행동은 감정에 휘둘리는 권위주의자의 모습이에요.

목숨을 걸고 존엄성을 지킨 용기

구성 단계	사건	성춘향의 성격 변화	이몽룡의 성격 변화	감정·태도 변화
발단	전라도 남원에서 기생 월매의 딸 춘향이와 남원 부사 아들 몽룡이 서로 사랑하게 됨	밝고 순수한 소녀	열정적이고 직설적인 성격	서로에게 첫눈에 끌려 사랑함
전개	몽룡의 아버지가 동부승지로 임명돼 가족이 한양으로 떠나고 둘은 이별함	사랑을 지키겠다고 다짐	약속을 지키려는 책임감이 생김	아쉬움과 외로움 속에서도 서로를 믿고 기다림
위기	남원 부사로 부임한 변사또가 춘향이에게 수청을 강요하나 이를 거부함	외부 억압에 맞서는 강한 의지를 드러냄	최선을 다해 공부해서 장원급제함	만나지 못하지만 둘 다 자신의 자리에서 최선을 다함
절정	암행어사가 된 몽룡이 남원으로 내려와 변사또 생일잔치에 참석, 암행어사로 출두해 변사또를 징벌함	이몽룡이 거지가 돼 돌아와 좌절하나 그를 선택한 것을 후회하지 않음	계획적이고 정의로운 지도자 모습으로 완성	몽룡이는 감정을 숨기며 정의를 실현하고, 춘향이는 상처받지만 자존심을 잃지 않음
결말	춘향이는 몽룡의 정렬부인으로 봉해지고, 둘은 백년고락을 함께 함	신념을 지킨 인간으로 완성됨	사랑과 정의를 모두 지켜낸 인물임	신분을 깨고 사랑을 완성하고 행복을 나눔

〈춘향전〉은 판소리계 소설이에요. 판소리계 소설의 경우 근원 설화에 뿌리를 두고 있어요. 〈춘향전〉의 근원 설화도 여러 가지예요. 위기를 극복하고 정절을 지키는 '열녀 설화', 원한을 품고 죽은 사람의 한을 풀어 주는 '신원 설화', 하층민 여인이 지배층에 맞서 정절을 지키는 '관탈민녀 설화', 남녀가 사랑하는 '염정 설화', 암행어사가 부패한 관리를 벌하거나 백성의 억울함을 풀어 주는 '암행어사 설화' 등이 작품에 담겨 있죠. 이런 설화들이 모여 판소리 〈춘향가〉로 불려요.

이후 판소리계 소설인 〈춘향전〉으로 쓰여져 널리 읽히게 되죠. 신분제가 흔들리던 조선 후기, 춘향이를 통해 평등과 정의에 대한 염원을 드러낸 셈이죠. 지배층이 읽기에 불편한 내용을 판소리 특유의 해학과 풍자로 재미있게 표현했어요. 또한 삼각관계라는 말초적인 긴장을 조성해 모두에게 사랑받던 소설이에요.

개화기에 이르러서는 신소설 〈옥중화〉로 다시 쓰입니다. '옥중화'란 옥 속에 피어난 꽃으로 춘향이가 옥에 갇힌 모습을 상징해요. 〈춘향전〉은 최근에도 다양하게 각색돼 연극, 드라마, 영화 등으로 우리를 즐겁게 해 주고 있답니다.

> **<춘향전>**은 **판소리**로 전해지던
> 이야기가 **소설**로 **정착된 작품**이에요.
> 시험에서는 이 작품이 가지고 있는
> **이야기의 힘과 시대적 배경**을
> 묻는 문제가 출제돼요.

편집자적 논평

서술자가 작품에 직접 개입해서 등장인물을 논평하죠. 이를 '편집자적 논평'이라고 해요. "행수, 군관 거동 보소", "이때 춘향이 남원을 하직할 새, 영귀하게 되었건만 고향을 이별하니 일희일비가 아니 되랴"와 같이 서술자가 개입해 현장감을 더 생생하게 전달하죠. 이는 긴장감을 높이거나, 인물의 감정을 강조하거나, 해학적인 분위기를 만드는 역할을 해요.

문체와 표현 방식

문체와 표현 방식도 자주 출제돼요. 〈춘향전〉은 판소리 사설을 바탕으로 한 소설이라서 구어체 표현과 반복적 대사, 그리고 전라도 방언이 자연스럽게 섞여 있어요. '판소리계 소설'은 판소리의 영향을 받아 소설로 정착된 작품을 말해요. 특정 대목을 확장하고 부연하여 장면을 극대화해요. 예를 들어 "좌수, 별감 넋을 잃고 이방, 호방 혼을 잃고 나졸들이 분주하네. 모든 수령 도망갈 제 거동 보소. 인궤 잃고 강정 들고, 병부 잃고 송편 들고, 탕건 잃고 용수 쓰고, 갓 잃고 소반 쓰고. 칼집 쥐고 오줌 누기. 부서지는 것은 거문고요 깨지는 것은 북과 장고라. 본관사또가 똥을 싸고⋯." 이렇듯 암행어사 출두라는 소리에 생일상이 엉망진창 되는 장면을 끝도 없이 늘어놓아 독자들에게 통쾌함을 선사하죠.

작품의 주제

그렇다 보니 〈춘향전〉의 주제는 하나라고 볼 수 없어요. ① 여성의 굳은 지조와 절개 ② 신분을 초월한 사랑 ③ 부패한 지배층에 대한 징벌 ④ 신분 제약에서 벗어난 평등으로 그 당시 민중들은 춘향이를 통해 신분 상승에 대한 욕망을 이루고, 부패한 관리를 응징해 대리 만족을 했죠. 따라서 주제를 묻는 문제가 나오면 선택지에서 이와 관련한 내용을 선택하거나 서술형 문제라면 이 모든 것을 적어야 해요.

△ ♣ △

한시

소설 속 등장하는 한시들도 기억해야 해요. "금동이의 아름다운 술은 일만 백성의 피요 / 옥소반의 아름다운 안주는 일만 백성의 기름이라. / 촛불 눈물 떨어질 때 백성 눈물 떨어지고 / 노랫소리 높은 곳에 원망 소리 높았더라." 이 한시는 이몽룡이 변학도의 생일상에 올린 한시예요. 백성을 돌보지 않는 탐관오리를 비판한 시죠. 이런 한시로 주제를 형상화하고, 긴장감을 고조시키고, 새로운 사건이 전개될 것을 암시하며 현실을 비판하고 풍자해요. 당연히 주제와 관련해서 문제가 출제되고요. 또는 외부 제시문 중 그 당시 지배층을 비판한 다른 시들과 연관돼 출제돼요.

함께 읽으면 좋은 작품
· 작자 미상, 《이춘풍전》, 이정원 지음, 휴머니스트, 2015
· 작자 미상, 《토끼전》, 이혜숙 지음, 창비, 2003

1 "내가 춘향이라면 변학도가 요구한 수청에 어떻게 행동했을까?"를 생각해 봐요. 변학도처럼 권력을 앞세운 인물이 나에게 신념을 꺾고 부조리한 행동을 요구하는 상황을 설정해 보고, 그런 상황에서 각자가 어떤 선택을 하면 좋을지 토의해요.

2 춘향이처럼 자신의 신념을 지킨 주체적 인물은 또 누가 있을지 서로 의견을 나눠 봐요. 자신이 의지로 선택한 신념을 바탕으로 불의와 맞서 싸운 사람과, 그런 행동의 가치와 의미를 이야기해 봅니다. 공동체의 사회 구성원으로서 삶의 태도를 배울 수 있어요.

3 변학도는 단순한 악역일까요? 조선 후기의 시대상을 바탕으로 변학도의 행동이 개인의 문제일지, 아니면 사회적 구조의 문제인지 토론한 뒤 글쓰기를 해 봐요.

작품 읽을 수 있는 곳

· 진형민, 〈멍키스패너〉, 《희망의 질감》, 문학동네, 2022

· 장주식, 〈먹고 싶다, 수박〉, 《어쩌다 보니 왕따》, 우리학교, 2012

· 이송현, 〈오후 4시, 달고나〉, 《기념일의 무게》, 마음이음, 2023

· 유은실, 〈내 이름은 백석〉, 《내 이름은 백석》, 창비, 2013

· 이청준, 〈눈길〉, 《눈길》, 문학과지성사, 2012

· 박완서, 〈자전거 도둑〉, 《자전거 도둑》, 다림, 1999

· 박상기, 《옥수수 뻥소니》, 창비, 2017

· 현덕, 〈하늘은 맑건만〉, 《하늘은 맑건만》, 창비, 2018

· 조우리, 《커튼콜》, 창비, 2022

· 김유정, 〈동백꽃〉, 《동백꽃》, 문학과지성사, 2005

· 박지원, 〈양반전〉

· 채만식, 〈치숙〉, 《레디메이드 인생》, 칼로스, 2025

· 김시습, 〈이생규장전〉

· 현진건, 〈운수 좋은 날〉, 《운수 좋은 날》, 문학과지성사, 2008

· 황순원, 〈소나기〉, 《소나기》, 다림, 1999

· 허균, 〈홍길동전〉

· 작자 미상, 〈박씨전〉

· 작자 미상, 〈춘향전〉

고전 소설은 다양한 판본으로 출판되어 있습니다.